더 나은 어휘를
쓰고 싶은
당신을 위한
필사책

더 나은 어휘를
쓰고 싶은
당신을 위한
필사책

이주윤
지음

빅피시
BIG FISH

일러두기

1. 저작권이 해제된 작품의 경우, 수록된 도서를 따로 명기하지 않았습니다.
2. 도서명은 《 》, 시, 평론, 희곡, 연설문 등 작품명은 〈 〉로 표기하였습니다.
3. 소설, 에세이, 시, 서간문, 연설문 이외에 경전, 인문, 과학 분야의 작품은 분류를 따로 표기하지 않았습니다.
4. 저작권자를 찾기 어려워 허가받지 못한 작품에 대해서는 추후 저작권이 확인되는 대로 적법한 절차를 진행하겠습니다.

도착하길 바란다면 달려가야 한다.

그러나 여행을 하고 싶다면

걸어서 가야 한다.

_장 자크 루소,《에밀》

프롤로그
prologue

희미한 세상을 선명하게
바라보기 위한 무기, 어휘력

언젠가, 한국인이 전화하는 모습을 흉내 낸 어느 외국인의 영상을 본 적이 있습니다. "어, 어어. 어? 어… 어! 어어어어어어!" 억양과 속도를 천연덕스럽게 조절해 가며 "어" 하는 소리를 반복하는데, 신기하게도 모든 의미가 전달되는 듯한 느낌이 들었습니다. 곰곰이 생각해 보니 그럴 만도 했습니다. '어'라는 감탄사는 놀라거나, 당황하거나, 초조하거나, 다급하거나, 기쁘거나, 슬프거나, 뉘우치거나, 칭찬하거나, 상대의 주의를 끌 때 사용할 수 있거든요. 그야말로 희로애락이 모두 담겨 있다고 할 수 있지요. 모르긴 몰라도 '어'는 한국인이 즐겨 사용하는 단어 중 세 손가락 안에 들지 않을까 싶습니다.

문득 궁금해졌습니다. 우리가 하루에 몇 개의 단어를 사용하고 있는지 말입니다. 연구에 따르면, 직업이나 생활 환경에 따라 다르기는 하지만 대부분의 사람은 1,000개 안팎의 단어를 사용한다고 합니다. 그리 많지 않은 어휘로 울고, 웃고, 사랑하고, 화를 냈다가 그리워하기도 하며 하루를 보내는 것이지요. 그런데 그거 아시나요? 표준국어대사전에는 51만여 개의 단어가 등재되어 있답니다. 이 말인즉, 우리가 사용하지 않는 수십만 개의 단어가 미지의 세계처럼 남아 있다는 이야기지요. 우리는 이 넓디넓은 어휘의 세계를 호기심 어린 눈으로 탐험할 필요가 있습니다.

혹자는 그 많은 단어를 알아 무엇하냐고, 의사소통에 지장만 없으면 되는 거 아니냐고 반문하실지도 모르겠습니다. 하지만 말로 인한 오해가 얼마나 빈번하게 일어나는지 생각해 본다면 어휘의 중요성을 결코 간과할 수 없을 것입니다. 복잡한 감정을 정확하게 전달하기 위해, 상대방을 배려하는 정중함을 갖추기 위해, 그리하여 불필요한 오해를 줄이고 더 나은 소통을 이루기 위해, 우리는 더 많은 어휘를 익히고 활용하는 데 노력을 기울여야 마땅합니다. 노력의 결과가 어디 이뿐일까요. 알고 있는 어휘가 다양해지면 사고도 꼭 그만큼 다채로워지고, 그에 따라 세상을 바라보는 시야 역시 넓어질 것입니다.

그렇다면 단어를 익히는 가장 효과적인 방법은 무엇일까요? 그것은 바로 어휘의 보고인 책을 읽는 것입니다. 독서를 하다 보면 필연적으로 무수히 많은 단어를 접할 수밖에 없을 테니까요. 만일, 스치듯 지나가는 말들을 영원한 내 것으로 만들고 싶다면 문장을 하나하나 따라 쓰며 그 속에 담긴 단어를 체득하시기를 권합니다. 몸을 부딪쳐 필사하다 보면 이 단어가 어떠한 이유로 쓰였는지 고민하게 되기도 하고, 저 단어의 정확한 뜻이 궁금해 국어사전을 찾아보게 되기도 할 텐데요. 그 과정에서 단어의 정확한 쓰임과 숨은 의미를 자연스레 깨닫게 될 테지요.

그런 의미에서, 이번 필사책은 어휘에 집중할 수 있도록 구성해 보았습니다. 이 책은 크게 3개 PART로 이루어져 있는데요. PART 1에는 일상 어휘, PART 2에는 감정 어휘, PART 3에는 품격 있는 어휘와 관련된 문장을 수록해 두었습니다. 매일 사용하는 평범한 어휘를 다시 한번 돌아보며 그 속에 감춰

진 의미를 발견하고, 다양한 감정 어휘를 살펴보며 자신의 마음을 섬세하게 표현할 수 있는 가능성을 열고, 철학적인 어휘를 탐구하며 사유의 깊이를 더해갈 수 있게 하기 위함입니다. 연속성을 지닌 것은 아니기에 필요에 따라 원하는 PART부터 살펴보셔도 좋습니다.

서두는 이쯤에서 마무리하고 어휘라는 미지의 세계로 본격적인 탐험을 떠나 볼까요? 이 세계를 정복하겠다는 원대한 포부는 내려놓으셔도 괜찮습니다. 그저 일상에서 벗어나 여행을 떠나듯, 설레는 마음과 반짝이는 두 눈만 준비해 주세요. 참, 단어와 문장이 안내하는 길을 따라가려면 펜 한 자루도 잊어서는 안 되겠지요? 필사라는 여정이 때로는 지루할 수도, 이따금 힘에 부칠 수도 있습니다. 그럴 때면 종이 위에 발자국처럼 남아 있는 여러분의 글씨를 되돌아보세요. 그건 여러분의 어휘력이 한층 상승했음을 나타내는 증표와도 다름없으니까요.

프롤로그
희미한 세상을 선명하게 바라보기 위한 무기, 어휘력　　　　　　　6

평범한 일상을 낯설게 표현하는 법 　|　PART 1

익숙한 단어를 낯설게 바라봐야 하는 이유
_감정과 경험, 지적 세계의 폭을 더는 좁히지 않으려면　　　　　18

001	양귀자 소설, 《모순》	22
002	백석 시, 〈여승〉	24
003	버지니아 울프 에세이, 《자기만의 방》	26
004	위화 소설, 《허삼관 매혈기》	28
005	윤동주 시, 〈달같이〉	30
006	클레어 키건 소설, 《이처럼 사소한 것들》	32
007	김유정 소설, 《만무방》	34
008	룰루 밀러 에세이, 《물고기는 존재하지 않는다》	36

짧은 문장, 단어 하나로 생각하는 힘 기르기
_모르면 남지 않고, 쓰지 않으면 퇴보하기에

38

009	보후밀 흐라발 소설,《너무 시끄러운 고독》	42
010	헤르만 헤세 소설,《데미안》	44
011	김애란 소설,〈서른〉	46
012	헨리 데이비드 소로 에세이,《걷기》	48
013	재레드 다이아몬드,《총 균 쇠》	50
014	헤밍웨이 소설,《노인과 바다》	52
015	신경림 시,〈갈대〉	54
016	니코스 카잔차키스 소설,《그리스인 조르바》	56
017	황정은 소설,《백의 그림자》	58

섬세하게 표현하고 생생하게 묘사하는 비결
_제아무리 많은 단어를 알아도 특별한 감상이 없다면

60

018	정지용 시,〈향수〉	64
019	김혼비 에세이,〈술이 인생을 바꾼 순간〉	68
020	박경리 소설,《토지》	70
021	막스 자콥 시,〈지평선〉	72
022	이청준 소설,〈눈길〉	74
023	빅토르 위고 시,〈잠든 보아스〉	76
024	찰스 디킨스 소설,《두 도시 이야기》	78
025	윤동주 시,〈소년〉	80
026	에즈라 파운드 시,〈지하철역에서〉	82
027	장지완 시,〈백발을 스스로 비웃다〉	84

매일 쓰는 단어 하나만 달라져도 세계가 변한다
_익숙한 일상의 어휘를 살짝 낯선 단어로 바꾸기

	_익숙한 일상의 어휘를 살짝 낯선 단어로 바꾸기	86
028	한용운 시, 〈사랑하는 까닭〉	90
029	에밀 아자르 소설, 《자기 앞의 생》	92
030	이슬아 에세이, 《아무튼, 노래》	94
031	이정록 시, 〈서시〉	96
032	존 윌리엄스 소설, 《스토너》	98
033	최은영 소설, 《밝은 밤》	100
034	앙투안 드 생텍쥐페리 소설, 《어린 왕자》	102
035	최승자 시, 〈일찍이 나는〉	104
036	사뮈엘 베케트 소설, 《머피》	108

매일의 감정을 구체적으로 표현하는 법　　PART 2

내 마음을 설명할 단어 하나 찾지 못한다면
_내면세계를 섬세하게 잘 표현한 말들

	_내면세계를 섬세하게 잘 표현한 말들	112
037	김춘수 시, 〈꽃〉	116
038	구병모 소설, 《위저드 베이커리》	118
039	박완서 에세이, 《모래알만 한 진실이라도》	120
040	진은영 시, 〈남아 있는 것들〉	122
041	제인 오스틴 소설, 《오만과 편견》	124
042	장 폴 사르트르 소설, 《구토》	126
043	쑥 에세이, 《흐릿한 나를 견디는 법》	128
044	나쓰메 소세키 소설, 《나는 고양이로소이다》	130
045	정이현 소설, 《달콤한 나의 도시》	132

구체적인 감정을 두루뭉술하게 표현하지 않는 법
_감정 어휘의 미묘한 뉘앙스 파악하기   134

046 알랭 드 보통 에세이,《프루스트가 우리의 삶을 바꾸는 방법들》   138

047 최진영 소설,《구의 증명》   140

048 요한 볼프강 폰 괴테 시,〈사랑하는 사람을 가까이에서〉   142

049 안톤 체호프 소설,〈공포〉   144

050 최영미 시,〈선운사에서〉   146

051 앙드레 지드 소설,《지상의 양식》   148

052 폴 오스터 소설,《달의 궁전》   150

053 J.M. 바스콘셀로스 소설,《나의 라임오렌지나무》   152

054 기욤 아폴리네르 시,〈미라보 다리〉   154

신중하게 선택한 단어에 담긴 진심의 힘
_공감과 소통 능력을 높여주는 말들   158

055 에밀리 디킨슨 서간문,〈볼스 선생님께〉   162

056 제롬 데이비드 샐린저 소설,《호밀밭의 파수꾼》   164

057 이석원 에세이,〈그대〉   166

058 윌리엄 셰익스피어 소설,《로미오와 줄리엣》   168

059 나희덕 시,〈푸른 밤〉   170

060 스탕달 소설,《적과 흑》   174

061 베르톨트 브레히트 시,〈살아남은 자의 슬픔〉   176

연필을 서걱이는 소리만으로 받을 수 있는 위로
_내일을 기대하게 만드는 단어의 힘

180

062	샤를 피에르 보들레르 산문시, 〈취하라〉	184
063	델리아 오언스 소설, 《가재가 노래하는 곳》	186
064	심보선 시, 〈청춘〉	188
065	F. 스콧 피츠제럴드 소설, 《위대한 개츠비》	190
066	다자이 오사무 소설, 《인간 실격》	192
067	미치 앨봄 에세이, 《모리와 함께한 화요일》	194
068	함민복 시, 〈긍정적인 밥〉	196
069	김금희 소설, 《너무 한낮의 연애》	198
070	라이너 마리아 릴케 서간문, 《젊은 시인에게 보내는 편지》	200
071	마르쿠스 아우렐리우스, 《명상록》	202
072	장 자크 루소, 《에밀》	204

품격을 높이는 언어를 사용한다는 것
_어른의 문장을 부단히 따라 쓰는 법

206

073	김지혜, 《선량한 차별주의자》	210
074	윌리엄 셰익스피어 소네트, 〈내 그대를 여름날에〉	212
075	마르셀 프루스트 소설, 《잃어버린 시간을 찾아서》	214
076	이성복 시, 〈음악〉	216
077	헤르만 헤세 시, 〈혼자〉	218
078	미셸 투르니에 에세이, 《외면일기》	220
079	헨리크 입센 희곡, 《인형의 집》	222
080	이백 시, 〈장진주〉	224

어려운 말, 철학적 문장 앞에서 주저하게 된다면
_머리 아픈 단어일수록 생각의 깊이를 키운다   226

081   알베르 카뮈 소설, 《시지프 신화》   230
082   신영복 에세이, 《감옥으로부터의 사색》   232
083   크리스티앙 보뱅 에세이, 《작은 파티 드레스》   234
084   제임스 매튜 배리 소설, 《피터팬》   236
085   에밀 시오랑 에세이, 《태어났음의 불편함》   238
086   요한 볼프강 폰 괴테 소설, 《파우스트》   240
087   로버트 프로스트 시, 〈가지 않은 길〉   242
088   아멜리 노통브 소설, 《비행선》   246
089   샬럿 브론테 소설, 《제인 에어》   248
090   이양연 시, 〈야설〉   250
091   아르투어 쇼펜하우어, 《쇼펜하우어의 말》   252

어떤 단어는 세상을 바꾼다
_하나의 점이 선이 되기까지   254

092   스티브 잡스 연설문, 〈2005년 스탠퍼드 대학교 졸업사〉   258
093   얀 마텔 소설, 《파이 이야기》   260
094   헤르만 헤세 소설, 《싯다르타》   262
095   유발 하라리, 《사피엔스》   264
096   레프 톨스토이 소설, 《전쟁과 평화》   266
097   고타마 싯다르타, 《법구경》   268
098   알프레드 아들러, 《개인심리학 강의》   270
099   프랑수아즈 사강 소설, 《브람스를 좋아하세요》   272
100   빅터 프랭클 에세이, 《빅터 프랭클의 죽음의 수용소에서》   274

부록   미묘한 뉘앙스를 구체적으로 표현하는 감정 어휘 330   276

평범한 일상을
낮설게
표현하는 법

PART 1

익숙한 단어를 낯설게 바라봐야 하는 이유
_감정과 경험, 지적 세계의 폭을 더는 좁히지 않으려면

저는 일상의 언어로 쓰인 에세이나 소설을 좋아합니다. 글을 쓰는 사람으로서 독서를 폭넓게 해야 한다는 의무감을 지니고 있기에 철학이나 경제와 관련된 책도 읽어 보려 애를 쓰기는 하지만, 형이상학이니 미시 경제니 하는 낯선 단어들 때문에 책장이 쉬이 넘어가지 않더군요.

전문용어야 그렇다 쳐도 서술어 역시 만만치 않습니다. 비슷한 격의 단어끼리 어우러지게 써야 문장이 조화롭게 느껴진다는 사실을 알고는 있습니다.

하지만 '파괴한다'고 해도 괜찮을 것을 '파훼한다' 하고, '깎아내린다'고 해도 충분할 것을 '폄훼한다' 하니 여간 골치 아프지가 않습니다. 저는 모르는 단어의 뜻이 궁금하면 곧바로 국어사전을 찾아보는 편인데요. 그건 모르는 단어가 '이따금' 나왔을 때의 이야기이고, 한 문장 건너 하나씩 등장할 때에는 순순히 백기를 들고야 만답니다.

꾸역꾸역 읽기는 하지만 내용을 이해할 수 없는 책의 목록이 늘어나던 어느 날이었습니다. 우연한 기회에 저와는 전혀 다른 분야에서 일하는 분과 대화를 나누게 되었지요. 그는 호기심 가득한 눈으로 이런저런 질문을 하기 시작했습니다. "책 몇 권이 판매돼야 비이피(BEP, 손익 분기점)를 넘기나요?" 첫 번째 위기가 찾아왔습니다. 불행 중 다행으로, 출판 관계자들과 손익 분기점을 주제로 이야기를 나눴을 적에 "비이피"라는 소리가 거듭 들려왔던 기억이 번뜩 떠오르더군요. 저는 귀동냥으로 배운 지식을 원래부터 잘 알고 있던 것처럼 포장해서 대답했습니다. 제 이야기를 흥미롭게 들은 그가 고개를 끄덕였습니다. "그러니까 재판을 찍는다는 건 작가에게 고무적인 일이겠네요." 숨 돌릴 틈도 없이 두 번째 위기가 찾아왔습니다. '고무적'이 긍정적인 단어라는 사실은 느낄 수 있었지만 정확한 뜻이 떠오르지 않아 얼굴이 화끈 달아올랐지요.

　그가 잠시 자리를 비운 틈을 타 국어사전을 냉큼 검색해 봤습니다. '고무적'
은 북 고鼓, 춤출 무舞 자를 쓰는 한자어로, '힘을 내도록 격려하여 용기를 북돋
우는 것'을 뜻하는 말이었습니다. 누군가가 저를 위해 북을 치며 춤을 추면 없
던 사기도 절로 충천하겠더군요. 'BEP'야 그렇다 쳐도 '고무적'의 뜻을 모르는
자신이 한심하기 짝이 없었습니다. 뉴스나 신문에서나 쓰일 법한 딱딱한 어
휘이기는 하지만 그렇다고 해서 일상에서 쓰이지 않는 건 아니었으니까요.
에세이나 소설에서도 분명 여러 번 마주했을 테지만 타성에 젖은 눈으로 문
장을 훑어 내려가느라 미처 인지하지 못했겠지요. 이런 식으로 단어를 등한
시한다면 이해할 수 있는 문장은 차차 줄어들 것이고, 날이 갈수록 독서 편식
은 더욱 심해질 것이며, 그에 따라 지적 세계가 좁아지는 건 당연한 수순이라
는 생각에 마음이 다 조마조마했습니다.

　아는 만큼 보인다는 말이 있습니다. 이 말인즉, 모르면 아무것도 남지 않는
다는 뜻과 같을 것입니다. 제아무리 좋은 의미를 문장 속에 담아 놓았대도 읽
는 이가 단어의 뜻을 정확하게 알지 못한다면 받아들일 방도가 없겠지요. 물

론, 문맥을 살피며 그 의미를 유추할 수는 있겠습니다만 스치듯 지나간 단어는 머릿속에서 금세 잊힐 테지요. 양귀자도 소설 《모순》에 이런 말을 남겨두었는걸요. "삶의 어떤 교훈도 내 속에서 체험된 후가 아니면 절대 마음으로 들을 수 없다. (중략) 우이독경, 사람들은 모두 소의 귀를 가졌다"라고 말이지요. '교훈'을 '단어'로 바꾸어 읽는다면 우리에게 맞춤한 문장이 될 것입니다. 혹시라도 '우이독경'의 정확한 뜻을 몰라 이 문장이 가슴에 와 닿지 않는다면, 이어지는 페이지에 정답을 적어 두었으니 필사라는 체험을 통해 여러분의 것으로 만들어 보시길 바랍니다.

이 밖에도 다양한 분야의 책에서 발췌한 문장을 준비해 보았습니다. 여러분을 위해, 그리고 또 저를 위해서 말이지요. 모르는 단어가 나왔다고 해서 지레 포기하지는 마세요. 문장 아래에 수록해 둔 사전적 정의가 여러분의 든든한 지원군이 되어줄 테니까요. 천군만마는 제가 이미 마련해 두었으니, 여러분은 할 수 있다는 자신감 하나만 준비하시면 되겠습니다.

001   양귀자 소설, 《모순》

삶의 어떤 교훈도 내 속에서 체험된 후가 아니면 절대 마음으로 들을 수 없다. 뜨거운 줄 알면서도 뜨거운 불 앞으로 다가가는 이 모순, 이 모순 때문에 내 삶은 발전할 것이다. 나는 그렇게 믿는다. 우이독경, 사람들은 모두 소의 귀를 가졌다.

_쓰다, 2013년(초판 발행 1998년), 296쪽

숨 쉬듯 사용하는 한자어이지만 정확한 뜻을 모르는 경우가 의외로 많습니다. 초등학교를 졸업한 이후 따로 공부해 본 적이 없기 때문이지요. '우이독경'은 쇠귀에 경 읽기라는 뜻으로, 아무리 가르치고 일러주어도 알아듣지 못함을 이르는 말입니다. 더불어 '모순'은 창 모矛, 방패 순盾 자를 쓰는 한자어로, 어떤 사실의 앞뒤 또는 두 사실이 이치상 어긋나서 서로 맞지 않음을 이르는 말인데요. 창과 방패를 파는 상인이 이 창은 어떤 방패로도 막지 못하고 이 방패는 어떤 창으로도 뚫지 못한다며, 앞뒤가 맞지 않는 말을 하였다는 데서 유래했다는 사실까지 함께 알아두면 좋겠지요?

백석 시, 〈여승〉

여승은 합장하고 절을 했다
가지취의 내음새가 났다
쓸쓸한 낯이 옛날같이 늙었다
나는 불경처럼 서러워졌다

평안도의 어느 산 깊은 금전판
나는 파리한 여인에게서
옥수수를 샀다
여인은 나어린 딸아이를 때리며
가을밤같이 차게 울었다

섶벌같이 나아간 지아비 기다려
십년이 갔다
지아비는 돌아오지 않고
어린 딸은 도라지꽃이 좋아
돌무덤으로 갔다

산꿩도 섧게 울은 슬픈 날이
있었다
산절의 마당귀에 여인의
머리오리가 눈물방울과 같이
떨어진 날이 있었다

절을 하는 여승에게서 '참취나물' 냄새가 났습니다. 화자는 평
안도의 어느 산속 '금광'에서, 해쓱한 여인이 파는 옥수수를 샀
던 날을 떠올려 봅니다. 여인의 남편은 '꿀벌'같이 집을 떠났고
나이 어린 딸은 일찍이 목숨을 잃었다지요. 산 꿩도 '서럽게' 울
던 어느 날, 여승이 되기 위해 삭발을 하는 여인의 '머리카락'이
눈물처럼 떨어졌답니다.
토속적인 시어를 이해하기 어려웠다면, 작음따옴표를 한 부분
이 어떤 시어를 가리키는지 눈여겨보며 필사해 보세요. 같은
시대에 쓰인 다른 시를 감상할 때도 도움이 될 거예요.

003 버지니아 울프 에세이,《자기만의 방》

저는 다른 무엇이 아닌 자기 자신이 되는 것이 무엇보다 중요한 일이라고 간단하고 평범하게 중얼거릴 뿐입니다. 다른 사람에게 영향을 미치길 기대하지 마세요. 다른 사람에게 영향을 주고 싶다면 그것을 그 자체로만 생각하세요.

004 위화 소설,《허삼관 매혈기》

허삼관은 울면서 가슴을 열어젖힌 채 길을 걸었다. 바람이 그의
얼굴로, 가슴으로 밀려들었다. 흐릿한 눈물이 눈가에서 솟아올라 양
볼을 타고 하염없이 흘러내려 목으로, 가슴으로 파고들었다. 손을
올려 닦아내자 이번에는 손바닥으로, 손등으로 흘러내렸다.
그의 발은 앞을 향해 걸었고, 그의 눈물은 아래를 향해 흘러내렸다.
그는 고개를 쳐들고 가슴을 활짝 폈다. 걸음에는 힘이 넘쳤고,
앞뒤로 흔드는 팔에도 거침이 없었다. 하지만 그의 얼굴은 참을 수
없는 슬픔이 가득했다. 눈물이 그의 얼굴 위로 뒤엉킨 그물처럼
흘러내렸다. 마치 유리창을 때리는 빗물처럼, 금방이라도 깨질 듯
금이 간 그릇처럼, 무럭무럭 자라나는 나뭇가지처럼, 논밭에 대는
물처럼, 도시 곳곳으로 뻗어나간 길처럼, 눈물은 그의 얼굴에 커다란
그물 하나를 짜놓은 듯했다.

_푸른숲, 최용만 옮김, 2023년, 331쪽

005 윤동주 시,〈달같이〉

연륜이 자라듯이
달이 자라는 고요한 밤에
달같이 외로운 사랑이
가슴 하나 뻐근히
연륜처럼 피어나간다

해 년年, 바퀴 륜輪 자를 쓰는 '연륜'은 다양한 뜻을 지닌 단어입니다. 우리는 흔히, 여러 해 동안 쌓은 경험에 의하여 이루어진 숙련의 정도를 떠올리곤 하는데요. 이 시에서는 나무를 가로로 자른 면에 나타나는 둥근 테, 즉 나이테를 뜻한답니다. 연륜은 천천히, 그러나 분명한 궤적을 남기며 자라납니다. 하지만 그 모습이 겉으로 드러나지 않지요. 상대를 향한 조용하고 깊은 사랑을 연륜에 비유한 시인의 감성이 무척이나 돋보입니다.

006 클레어 키건 소설,《이처럼 사소한 것들》

펄롱은 차를 세우고 노인에게 인사를 했다.

"이 길로 가면 어디가 나오는지 알려주실 수 있어요?"

"이 길?" 노인은 낫으로 땅을 짚고 손잡이에 기댄 채 펄롱을 빤히 보았다. "이 길로 어디든 자네가 원하는 데로 갈 수 있다네."

_다산책방, 홍한별 옮김, 2023년, 54쪽

007 김유정 소설,《만무방》

산골에, 가을은 무르녹았다.

아름드리 노송은 빽빽히 늘어박혔다. 무거운 송낙을 머리에 쓰고
건들건들. 새새이 끼인 도토리, 벚, 돌배, 갈잎들은 울긋불긋. 잔디를
적시며 맑은 샘이 쫄쫄거린다. 산토끼 두 놈은 한가로이 마주 앉아
그 물을 할짝거리고. 이따금 정신이 나는 듯 가랑잎은 부수수 하고
떨린다. 산산한 산들바람. 귀여운 들국화는 그 품에 새뜩새뜩 넘논다.
흙내와 함께 향긋한 땅김이 코를 찌른다. 요놈은 싸리버섯, 요놈은
잎 썩은 내 또 요놈은 송이—아니, 아니 가시넝쿨 속에 숨은 박하풀
냄새로군.

가을의 한가운데, 농민들은 추수에 열을 올리고 있지만 이 소
설의 주인공인 응칠이는 송이를 따 먹으려 산속을 노닐고 있습
니다. 소설의 제목이기도 한 '만무방'은 바로 응칠이를 가리키
는 단어로 '염치가 없이 막된 사람'을 뜻합니다. 쇠로 만든 낯가
죽이라는 뜻을 지닌 '철면피'와 비슷한 단어랍니다. 응칠이도
한때는 성실한 농부였습니다. 그런데 어쩌다 만무방으로 전락
하고야 만 것일까요? 그 이유가 궁금하다면 소설의 전문을 읽
어 보세요!

008

룰루 밀러 에세이,
《물고기는 존재하지 않는다》

인간은 원래 곧잘 틀리잖아. 언니는 평생 사람들이 자신에 대해
늘 반복적으로 오해해왔다고 말했다. 의사들에게서는 오진을
받고, 급우들과 이웃들, 부모, 나에게서는 오해를 받았다고 말이다.
"성장한다는 건, 자신에 대한 다른 사람들의 말을 더 이상 믿지 않는
법을 배우는 거야."

_곰출판, 정지인 옮김, 2021년, 252쪽

짧은 문장, 단어 하나로 생각하는 힘 기르기
_모르면 남지 않고, 쓰지 않으면 퇴보하기에

커피를 마시러 카페에 갔다가 왁자한 직장인 무리 옆에 자리를 잡게 되었습니다. 그 바람에 뜻하지 않게, 사내 부부의 이혼 소식을 엿듣게 되었지요. 그 이야기를 처음 들은 사람이 저뿐만이 아니었던 모양인지 소식을 알린 남자를 제외한 모두가 깜짝 놀란 표정을 지었습니다. "그 사람들 그… 뭐더라? 어, 맞아. 실루엣 부부예요." 그는 그들이 금전적으로 해결할 문제가 남아 있기에 이혼한 사실을 쉬쉬하고 있다고 이어 말했지요. 그러자 한 여자가 조심스레 반문을 제기했습니다. "혹시… 쇼윈도 부부 아닌가요?" 남자의 빈약한 어휘력 덕에 그들이 한바탕 웃는 틈을 타, 저도 따라 웃었답니다.

그런데 얼마 전 원고를 쓰던 저는 웃을 때가 아니라는 위기감에 봉착하고야 말았습니다. 초록색 이파리가 우거진 나무를 한 단어로 나타내려는데 아무리 궁리해 보아도 그 표현이 생각나지 않았기 때문입니다. "그냥 '초록 잎이 무성한' 정도로 쓸까? 아냐, 뭔가 부족해. '녹'으로 시작하는 딱 맞는 단어가 있었는데. 녹… 녹… 녹 뭐더라?" 하나의 사물을 나타내는 데는 단 하나의 단어만 적합하다는 '일물일어설'의 신봉자인 저는, 그러나 마감을 코앞에 둔 탓에 깊게 고민할 시간이 없었던 저는, 만능 해결사인 챗지피티에게 조언을 요청했습니다. 녀석은 '녹음'이라는 정답을 금세 내놓았지요. '녹음이 짙게 드리운…'으로 시작되는 문장을 쓰고 나니 그제야 체기가 내린 듯 가슴이 시원해졌습니다.

원고를 넘기고 여유를 찾은 후에야 국어사전에 '녹음'을 검색해 보았습니다. 푸른 잎이 우거진 나무나 수풀, 또는 그 나무의 그늘을 뜻하는 말로 푸를 녹綠, 그늘 음陰 자를 사용하고 있더군요. 푸른 그늘이라니! 이 단어가 지닌 아름다운 의미에 홀딱 반해버리고야 말았습니다. 더불어, 제가 녹음이라는 단어를 찾아 헤맨 이유 역시 알게 되었는데요. '초록 잎이 무성하다'는 문장은 그저 색깔밖에 나타낼 수 없지만 '녹음이 짙게 드리웠다'는 문장은 푸른 이파리는 물론 그로 말미암은 그늘까지 자연히 느끼게 하기 때문이었던 것이지요. 어떠한 단어를 선택하느냐에 따라 생각의 폭이 이다지도 달라질 수 있다는 사실을 여실하게 느낀 순간이었습니다.

만일, 이 단어를 일상에서 자주 사용했었더라면 어렵지 않게 떠올릴 수 있었을 텐데요. 안타깝게도 '녹음'하면 '통화 녹음'부터 떠오르는 세상에 살고 있으니, 푸르른 나무와 쉬이 연결 지을 수 없었던 것은 아닌지 때늦은 변명을 해봅니다. 스마트폰이 등장한 이후로 책보다는 영상을, 개중에서도 즉각적인 재미를 선사하는 숏폼을 즐겨 보는 나. 궁금한 것이 생기면 깊이 생각하고 고민하는 대신 챗지피티에 물어보는 나. 그 결과, 중학생도 알 만한 기본적인 단어 하나 떠올리지 못해 몸살을 앓는 한심한 나. 나이가 들수록 지혜로워져야 하는 것이 마땅하거늘 오히려 퇴보한 느낌이 드는 사람이 저뿐만은 아니겠지요?

쉽지 않겠지만 더 늦기 전에 스마트폰을 내려놓고 책을 펼쳐 봅시다. 책 한 권을 완독해야 한다는 부담감은 내려놓아도 좋습니다. 짧은 글을 천천히 읽고 따라 쓰며 그 속에 담긴 단어의 뜻을 음미하는 것만으로도 생각하는 힘을 기르기에는 충분하니까요. 보후밀 흐라말의 소설《너무 시끄러운 고독》의 주인공인 한탸도 책을 읽는다기보다는 작은 잔에 든 리큐어처럼 홀짝대며 음미한다고 말했습니다. 그렇게 스며든 문장은 뇌와 심장을 적실 뿐 아니라 모세혈관까지 비집고 들어온다지요. 이것이 어떠한 느낌인지 궁금하다면 이어지는 페이지에 수록해 놓은 글을 필사하며 체험해 보세요. 그럼 저는 마지막으로 응원의 한 말씀 드리며 물러나겠습니다. 일 보 후퇴했다고 기죽지 마세요. 이 보 전진할 일만 남았으니까요.

009 보후밀 흐라발 소설,《너무 시끄러운 고독》

삼십오 년째 책과 폐지를 압축하느라 삼십오 년간 활자에 찌든 나는,
그동안 내 손으로 족히 3톤은 압축했을 백과사전들과 흡사한 모습이
되어버렸다. 나는 맑은 샘물과 고인 물이 가득한 항아리여서 조금만
몸을 기울여도 근사한 생각의 물줄기가 흘러나온다. (중략) 사실
내 독서는 딱히 읽는 행위라고 말할 수 없다. 나는 근사한 문장을
통째로 쪼아 사탕처럼 빨아 먹고, 작은 잔에 든 리큐어처럼 홀짝대며
음미한다. 사상이 내 안에 알코올처럼 녹아들 때까지. 문장은
천천히 스며들어 나의 뇌와 심장을 적실 뿐 아니라 혈관 깊숙이
모세혈관까지 비집고 들어온다.

_문학동네, 이창실 옮김, 2024년, 9~10쪽

'활자에 찌들었다'는 표현은 부정적인 느낌을 전달하는데 뒤따
르는 내용은 긍정적이라 고개가 갸웃해졌습니다. '찌들다'에
제가 모르는 의미가 숨어 있나 싶어 국어사전을 찾아보았더니
'좋지 못한 상황에 오랫동안 처하여 그 상황에 몹시 익숙해지
다'라는 뜻을 지니고 있더군요. 먹고살기 위한 노동의 결과였
지만 어찌 되었든 활자에 익숙해졌으니 근사한 생각의 물줄기
가 흐를 수밖에! 이보다 더 문맥에 맞는 단어가 또 없겠구나 싶
어 그제야 고개를 끄덕였답니다.

010 헤르만 헤세 소설, 《데미안》

나무는 잎이 돋아나고 떨어지는 것을 느끼지 못한다. 비가
흘러내리거나 태양이 내리쬐거나 혹은 서리가 가지에 흘러내리는
것도 느끼지 못한다. 나무의 생명은 천천히 가장 깊은 곳으로
되돌아간다. 나무는 죽는 것이 아니다. 봄을 기다리는 것이다.

011   김애란 소설, 〈서른〉

저는 지난 10년간 여섯 번의 이사를 하고, 열 몇 개의 아르바이트를
하고, 두어 명의 남자를 만났어요. 다만 그랬을 뿐인데. 정말 그게
다인데. 이렇게 청춘이 가버린 것 같아 당황하고 있어요. 그동안
나는 뭐가 변했을까. 그저 좀 씀씀이가 커지고, 사람을 믿지 못하고,
물건 보는 눈만 높아진, 시시한 어른이 돼버린 건 아닌가 불안하기도
하고요. 이십 대에는 내가 뭘 하든 그게 다 과정인 것 같았는데,
이제는 모든 게 결과일 따름인 듯해 초조하네요. 언니는 나보다 다섯
살이나 많으니까 제가 겪은 모든 일을 거쳐 갔겠죠? 어떤 건 극복도
했을까요? 때로는 추억이 되는 것도 있을까요? 세상에 아무것도
아닌 것은 없는데. 다른 친구들은 무언가 됐거나 되고 있는 중인 것
같은데. 저 혼자만 이도 저도 아닌 채, 아무것도 아닌 것이 되어가고
있는 건 아닐까 불안해져요. 아니, 어쩌면 이미 아무것도 아닌 것보다
더 나쁜 것이 되어 있는지도 모르고요.

_《비행운》, 문학과지성사, 2012년, 293~294쪽

012 헨리 데이비드 소로 에세이, 《걷기》

나는 하루에 최소한 네 시간은—보통은 그보다 더 오래—일체의
세상 근심, 걱정을 완전히 떨쳐버린 채 숲과 산, 들을 한가로이
걷는다. 그렇지 않으면 건강과 온전한 정신을 유지할 수 없다. 단
하루라도 밖에 나가지 않은 채 방에만 있다 보면 녹이 슬어버리고
오후 4시—하루를 구하기엔 너무 늦은 시간—가 훨씬 넘어서,
그러니까 밤의 그림자가 낮의 빛 속에 섞여들기 시작하는 시간에야
비로소 자리에서 일어나게 되면 죄라도 지은 것 같다. 오랜 시간
가게나 사무실에 하루 종일 앉아 있는 내 이웃들을 보면 그들의
참을성 혹은 정신적 무감각에 놀라지 않을 수 없다.

013 재레드 다이아몬드,《총 균 쇠》

비옥한 초승달 지역과 중국의 역사는 오늘날의 현대 세계에도
유익한 교훈을 준다. 상황이 바뀌면 과거의 우위가 미래의 우위를
보장해주지 않는다는 것이다.

_김영사, 강주헌 옮김, 1998년, 693쪽

헤밍웨이 소설,《노인과 바다》

바다는 비에 젖지 않는다.

015   신경림 시, 〈갈대〉

언제부터 갈대는 속으로
조용히 울고 있었다.
그런 어느 밤이었을 것이다. 갈대는
그의 온몸이 흔들리고 있는 것을 알았다.

바람도 달빛도 아닌 것.
갈대는 저를 흔드는 것이 제 조용한 울음인 것을
까맣게 몰랐다.
─산다는 것은 속으로 이렇게
조용히 울고 있는 것이란 것을
그는 몰랐다.

_《갈대》, 시인생각, 2019년, 13쪽

갈대의 줄기는 대나무처럼 속이 비어 있습니다. 어원을 정확히
알 수는 없지만 '갈색 대나무'에서 유래했다는 이야기가 전해
집니다. 하지만 대나무처럼 단단하지 못한 탓에 자신의 조용한
울음에도 쉬이 흔들리지요. 공허한 가슴을 안고 살아가며 이리
저리 휘청이는 인간의 모습을 이보다 더 적절하게 상징할 단어
가 또 있을까요?

016 니코스 카잔차키스 소설,《그리스인 조르바》

새 길로 가려면 새 계획을 세워야지요. 나는 어제 일어난 일은
생각하지 않습니다. 내일 일어날 일도 생각하지 않아요. 내가 관심을
갖는 것은 오직 지금 일어나는 일뿐입니다.

017 황정은 소설,《백의 그림자》

숲에서 그림자를 보았다.

처음엔 그림자라는 것을 알지 못했다. 덤불을 벌리고 들어가는
모습을 보고 저쪽도 길인가 싶고 뒷모습이 낯익기도 해서 따라
들어갔다. 들어갈수록 숲은 깊어지는데 자꾸 들어갈수록 뒷모습에
이끌려서 자꾸자꾸 들어갔다.

_창비, 2010년, 9쪽

섬세하게 표현하고 생생하게 묘사하는 비결
_제아무리 많은 단어를 알아도 특별한 감상이 없다면

    풍성하다 못해 무성하게 자라난 곱슬머리를 손질하러 미용실에 갈 때면 미용사에게 미안한 마음이 듭니다. 할 일을 산더미처럼 안겨주는 기분이 들기 때문입니다. "머리숱 진짜 많으시다!" 미용사가 먼저 놀라움을 표하면 차라리 고맙습니다. 어색한 웃음을 웃으며 "진짜 그렇죠?" 하고 대답하면 그만이거든요. 하지만 아무런 말 없이 머리카락을 들었다 놨다 하며 본인이 겪어야 할 고난을 가늠하는 미용사를 만나면 가시방석에 앉기라도 한 것처럼 온몸이 뜨끔거립니다. 머리하는 내내 미용사의 표정을 살피느라 진이 다 빠지지요.

  그런 날이면 빅토리아 아주머니가 그립습니다. '빅토리아 미용실'의 원장인 그녀는 곱슬곱슬한 제 머릿결에 핀잔을 주거나 대답하기 곤란한 질문을 하는 법이 없었습니다. 그것은 손님을 향한 배려가 각별해서라기보다는 본인이 살아온 이야기를 늘어놓는 것만으로도 시간이 모자랐기에 가능한 일이었지요. 저는 끝없이 이어지는 아주머니의 수다가 싫지만은 않았습니다. 그녀의 이야기를 듣고 있노라면 영화를 보기라도 하는 것처럼 장면 장면이 생생하게 떠올라 지루할 새가 없었기 때문입니다. 특히, 제 머리를 감겨주며 '보여 줬던' 이야기는 정말이지 인상 깊었습니다.

  "손님 머리 감겨주다 보믄 물보다 더 신비한 게 있나 싶은 기라. 물은 모든 걸 다 씻어내고 닦아내자나. 내가 일을 너무 많이 해가 육체적으로 힘들 때가 있었거등. 일 마치고 터벅터벅 집에 가가 세수를 하는데 얼굴에 와 닿던 물의 감촉. 그 부드러운 느낌. 내를 가만가만 위로해 주는 것 같아서 눈물이 콱 쏟아지데. 근데 참말로 신기하지. 물이 눈물까지 싹 가져가믄서 언제 울었나 싶게 말끔해졌다 아이가. 이건 기적인 기라. 기적이라고밖에는 할 수 없는 기라."

특별한 단어를 사용하지도, 화려한 문장을 구사하지도 않았건만 만감이 교차하는 표정으로 눈물을 연거푸 씻어내는 그녀의 모습이 눈앞에 선하게 그려졌습니다. 그건 아마, 누구나 쉽게 떠올릴 수 있는 평범한 일상에 그녀만의 특별한 감상을 더한 덕이 아니었을까 싶습니다. 나중에야 알게 된 사실이지만 빅토리아 아주머니는 국어국문학을 전공하셨답니다. 대학을 졸업한 후에 먹고살 길이 막막해 미용 기술을 배웠다지요. 잡지 사이사이에 꽂힌 손때 묻은 시집과 소설책이 그제야 눈에 들어왔습니다. 아주머니는 꿈에도 모르셨겠지요. 제가 그녀를 통해 더 좋은 글을 쓰기 위한 비법을 느끼고 배웠다는 사실을 말입니다.

① 섬세하게 표현하기를 원한다면 순간순간을 섬세하게 관찰해야 한다.

② 일상을 묘사하기에 일상적인 단어보다 더 좋은 것은 없다.

③ 우리와 함께 오랜 세월을 살아온 단어는 그 자체로 생명력을 지니고 있다.

④ 그러므로 적확한 단어를 사용하여 글을 쓴다면 말하고자 하는 장면은 저절로 그려진다.

⑤ 이 모든 것을 실현하기 위해 책과 국어사전을 언제나 가까이할 것!

대단한 비결이 숨어 있을 거라는 기대감에 부풀어 이 글을 읽어 내려왔다면 실망하셨을지도 모르겠습니다. 하지만 제아무리 많은 단어를 알고 있더라도 일상에서 길어낸 특별한 감상이 없다면 무용지물이겠지요. 그러니 섬세하게 표현하고 생생하게 묘사하기를 원한다면 여러분의 하루하루를 가만히 들여다보는 일부터 시작해 보시기를 권합니다. 우리가 익히 알고 있는 위대한 시인과 소설가의 작품 역시 그 시작이 다르지 않습니다. 정지용이 평범한 고향의 풍경에 저만의 시각을 더해 〈향수〉라는 아름다운 시를 지어냈듯 말입니다. 이어지는 페이지에 그의 시를 수록해 두었으니 차분히 따라 쓰며 시인의 시각을 좇아 보셨으면 합니다.

　뒤따르는 문장들을 필사하며 하나 더 눈여겨보셨으면 하는 건 '단어 그 자체가 지닌 뜻'입니다. 단순해 보이는 단어 안에는 생각보다 많은 뜻이 숨어 있습니다. 단어 하나를 적확하게 사용한다면 백 마디의 묘사를 함축할 수도 있지요. 그러니 번거롭더라도, 조금이라도 궁금한 단어가 보일 때마다 국어사전을 검색해 그 뜻을 아래에 적어보시기를 바랍니다. 이전 책에서부터 스마트폰 대신 펜을 들어야 한다고 누누이 말씀드렸지만, 여기서만큼은 양손에 하나씩 나누어 들으셔도 좋습니다. 삼천포로 빠지지만 않도록 주의하시길 바라며!

018 정지용 시, 〈향수〉

넓은 벌 동쪽 끝으로
옛이야기 지줄대는 실개천이 회돌아 나가고,
얼룩백이 황소가
해설피 금빛 게으른 울음을 우는 곳,
그곳이 차마 꿈엔들 잊힐 리야.

질화로에 재가 식어지면
비인 밭에 밤바람 소리 말을 달리고,
엷은 졸음에 겨운 늙으신 아버지가
짚베개를 돋아 고이시는 곳,
그곳이 차마 꿈엔들 잊힐리야.

흙에서 자란 내 마음
파아란 하늘빛이 그리워
함부로 쏜 화살을 찾으려
풀섶 이슬에 함추름 휘적시던 곳,
그곳이 차마 꿈엔들 잊힐 리야.

전설 바다에 춤추는 밤물결 같은
검은 귀밑머리 날리는 어린 누이와
아무렇지도 않고 예쁠 것 없는
사철 발 벗은 아내가
따가운 햇살을 등에 지고 이삭 줍던 곳,
그곳이 차마 꿈엔들 잊힐 리야.

하늘에는 성근 별
알 수도 없는 모래성으로 발을 옮기고,
서리 까마귀 우지짖고 지나가는 초라한 지붕,
흐릿한 불빛에 돌아앉아 도란도란거리는 곳,
그곳이 차마 꿈엔들 잊힐 리야.

'귀밑머리'란 이마 한가운데를 중심으로 좌우로 갈라 귀 뒤로
넘겨 땋은 머리, 즉 '댕기 머리'를 뜻하는 말이더군요. 구불구불
땋아 내린 검은 머리를 생각하니 그제야 '밤물결 같은 검은 귀
밑머리'라는 표현이 가슴에 와 닿았습니다. 단어의 뜻을 정확
히 아는 것이 생생한 묘사의 기본이라는 사실을 새삼 깨닫습니
다.

019 김혼비 에세이, 〈술이 인생을 바꾼 순간〉

냉장고 문을 닫는 순간 몇 시간 후 시원한 술을 마실 수 있는
가능성이 열리듯이, 신나서 술잔에 술을 따르는 순간 다음 날
숙취로 머리가 지끈지끈할 가능성이 열리듯이, 문을 닫으면 저편
어딘가의 다른 문이 항상 열린다. 완전히 '닫는다'는 인생에 잘 없다.
그런 점에서 홍콩을 닫고 술친구를 열어젖힌 나의 선택은 내 생애
최고로 술꾼다운 선택이었다. 그 선택은 당장 눈앞의 즐거운 저녁을
위해 기꺼이 내일의 숙취를 선택하는 것과도 닮았다. 삶은 선택의
총합이기도 하지만 하지 않은 선택의 총합이기도 하니까. 가지 않은
미래가 모여 만들어진 현재가 나는 마음에 드니까.

_《아무튼, 술》, 제철소, 2019년, 90쪽

박경리 소설,《토지》

솜뭉치 같은 구름이 뭉게뭉게 피는 하늘은 더없이 평화스럽다.
들판을 오가는 농부들의 모습에서도, 강을 따라 흘러 내려가는 뗏목,
개천가에는 어미소를 따라다니는 송아지, 모든 것은 다 평화스럽다.
아무것도 더 원하지 않고 아무것도 더 잃지 않으려는 농부들은 또한
아무것도 더 원하지 않고 아무것도 더 잃지 않으려는 자연과 더불어
이 한때는 평화스런 것이다.

_다산책방, 1부 1권, 2023년, 182쪽

021 막스 자콥 시, 〈지평선〉

그녀의 하얀 팔이
내 지평선의 전부였다

022   이청준 소설, 〈눈길〉

"한참 그러고 서 있다 보니 찬바람에 정신이 좀 되돌아오더구나.
정신이 들어 보니 갈 길이 새삼 허망스럽지 않았겠냐. 지금까진 그래도
저하고 나하고 둘이서 함께 헤쳐 온 길인데 이참에는 그 길을 늙은
것 혼자서 되돌아서려니… (중략) 눈길을 혼자 돌아가다 보니 그
길엔 아직도 우리 둘 말고는 아무도 지나간 사람이 없지 않았겠냐.
눈발이 그친 신작로 눈 위에 저하고 나하고 둘이 걸어온 발자국만
나란히 이어져 있구나. (중략) 신작로를 지나고 산길을 들어서도
굽이굽이 돌아온 그 몹쓸 발자국들에 아직도 도란도란 저 아그의
목소리나 따뜻한 온기가 남아 있는 듯만 싶었제. 산비둘기만 푸르륵
날아올라도 저 아그 넋이 새가 되어 다시 돌아오는 듯 놀라지고,
나무들이 눈을 쓰고 서 있는 것만 보아도 뒤에서 금세 저 아그 모습이
뛰어나올 것만 싶었지야. 하다 보니 나는 굽이굽이 외지기만 한 그
산길을 저 아그 발자국만 따라 밟고 왔더니라. 내 자석아, 내 자석아,
너하고 둘이 온 길을 이제는 이 몹쓸 늙은 것 혼자서 너를 보내고
돌아가고 있구나!"

_ 《눈길》, 문학과지성사, 2012년, 164~165쪽

빅토르 위고 시, ⟨잠든 보아스⟩

최초의 샘으로 돌아오는 늙은이는
영원한 날들로 들어가며 변화하는 날들에서 나온다
젊은이의 눈에서는 불꽃이 보이지만
늙은이의 눈에서는 빛이 보인다

024 찰스 디킨스 소설,《두 도시 이야기》

최고의 시간이었고, 최악의 시간이었다. 지혜의 시대였고,
어리석음의 시대이기도 했다. 믿음의 세기이면서, 불신의
세기이기도 했다. 빛의 계절이자, 어둠의 계절이었다. 희망의 봄이자,
절망의 겨울이기도 했다. 우리 앞에 모든 것이 있었고, 아무것도
없었다. 모두 천국으로 가고 있었고, 그 반대 방향으로 나아가고
있었다.

025   윤동주 시, 〈소년〉

여기저기서 단풍잎 같은 슬픈 가을이 뚝뚝 떨어진다. 단풍잎 떨어져
나온 자리마다 봄을 마련해 놓고 나뭇가지 위에 하늘이 펼쳐있다.
가만히 하늘을 들여다보려면 눈썹에 파란 물감이 든다. 두 손으로
따뜻한 볼을 씻어 보면 손바닥에도 파란 물감이 묻어난다. 다시
손바닥을 들여다본다. 손금에는 맑은 강물이 흐르고, 맑은 강물이
흐르고, 강물 속에는 사랑처럼 슬픈 얼굴ー아름다운 순이順伊의
얼굴이 어린다. 소년少年은 황홀히 눈을 감아 본다. 그래도 맑은
강물은 흘러 사랑처럼 슬픈 얼굴ー아름다운 순이의 얼굴은 어린다.

026 에즈라 파운드 시, 〈지하철역에서〉

군중 속에서 환영처럼 나타나는 얼굴들
젖은, 검은 가지 위 꽃잎들

장지완 시, 〈백발을 스스로 비웃다〉

남들은 허연 머리 싫어해도 나는 좋아라
한참 보면 잠시 머무는 신선 같지 않더냐
둘러보면 그 몇이나 이때까지 살았는가?
검은 머리에도 다투어 북망산천 가버린 것을

조선의 성리학자였던 장지완이 쓴 이 시의 마지막 구절에서
'북망산천'이란 무덤이 많은 곳이나 사람이 죽어서 묻히는 곳
을 이르는 말입니다. 중국의 베이망산에 무덤이 많았다는 데서
유래했다고 해요.

매일 쓰는 단어 하나만 달라져도 세계가 변한다
_익숙한 일상의 어휘를 살짝 낯선 단어로 바꾸기

제가 태어나고 자란 지역의 도서관에서 강연을 마치고 서울로 돌아오는 버스를 기다리던 중이었습니다. 대합실은 전국 각지로 떠나려는 사람들로 북새통을 이루고 있었지요. 그때, 커다란 배낭을 등에 멘 중년 여성이 저에게 말을 걸어왔습니다. "저쪽에 있는 게 공항 가는 버스 맞아요?" 그녀는 단체 여행은 많이 가봤어도 혼자서 떠나는 해외여행은 처음이라며 머쓱하게 웃었습니다. "사람들은 나더러 어딜 그렇게 싸돌아 다니느냐고 흉볼지도 몰라. 근데 애

아빠 그렇게 되고 나서 내가 저기 했거든. 남편 없는 게 어떨 때는 세상 저기 하다가도 또 어떨 때는 저기 하고 그래요. 그래서 나는 있죠. 살려고 여행 다니는 거예요, 살려고." 저는 옅은 미소로 공감을 대신했습니다.

　무슨 말인지 갸우뚱하실 외지의 독자를 위해 해설을 덧붙이자면 이와 같습니다. '거시기'라는 단어를 들어본 적 있으시지요? 어르신들께서 하려는 말이 떠오르지 않아 얼버무릴 때 사용하는 그 단어 말입니다. 저희 지역에서는 '저기'라는 단어가 그 역할을 대신한답니다. "부엌에 가서 저기 좀 가져와라", "오늘따라 기분이 저기 하네", "지금은 저기 하니까 이따 저녁에 보자" 하는 식으로 말이지요. 아마도 그녀는 보통의 어머니들이 그러했듯 남편과 티격태격하며 한평생을 보냈을 테지요. 밉기만 했던 남편이 세상을 떠난 뒤 자유로운 삶을 살아갈 수 있게 되어 홀가분했지만, 내심 든든했던 남편의 빈자리를 감당하지 못해 매일을 형영상조했다면 이해가 가시려나요.

　'저기'처럼 편리하고 효율적인 단어가 세상에 또 있을까 싶습니다. 대충 말해도 느낌으로 알아들을 수 있으니 구구절절 설명할 필요가 없지요. 하지만 장점이 있으면 꼭 그만큼의 단점이 따라오는 법. 유대 관계가 없는 사람과의 대화에서 남용할 경우 소통이 어렵다는 흠이 있습니다. 여러 상황을 이 단어 하나로 뭉뚱그리니 다양한 표현과 점점 멀어지는 것은 물론이겠고요. 어쩌면, 변화무쌍한 감정을 '저기'라는 투박한 단어로밖에 표현할 수 없었던 그녀도 답답하지 않았을까요? 그 마음을 어찌할 길이 없어 자꾸만 여행을 떠났던 것은 아닌지 미루어 짐작해 봅니다.

강 건너 불 보듯 이 글을 읽고 있는 분도 계실 테지만 비단 어르신들만의 문제는 아닙니다. 우리가 자주 사용하는 '헐', '대박', '진짜'도 이와 비슷한 결의 단어니까요. 저 역시 상황에 적확한 표현을 머리로는 알고 있으면서도 앞선 단어들이 습관처럼 튀어나오곤 한답니다. 세상 모든 일은 말하는 대로 된다지요. 그렇다면 단조로운 단어를 쓰는 만큼 우리의 생각은 둔해지고 삶도 따라 밋밋해질 것입니다. 이러한 일을 미연에 방지하려면 일상에서 자주 쓰는 단어부터 다양하게 사용해 보려는 작은 노력이 필요합니다. 두 번째 문단에서 '외롭다' 대신 '형영상조하다'라는 표현을 써 본 것도 이러한 노력의 일부입니다. 형영상조는 자기의 몸과 그림자가 서로 불쌍히 여긴다는 뜻으로, 의지할 곳이 없어 몹시 외로워함을 이르는 말인데요. 몸과 그림자가 서로를 불쌍히 여긴다니. 평범한 중년 여성이 갑자기 소설 속 주인공이 된 것 같지 않나요?

다양한 표현을 사용하려면 우선 다양한 단어를 접해야 할 텐데요. 단어의 보고인 책을 읽는다면 이 문제는 자연스레 해결될 것입니다. 눈으로만 읽어도 좋지만 손으로 옮겨 쓰면 더욱 좋습니다. 단어와 오랜 시간을 보내는 만큼 익숙해질 테니까요. 어디서부터 시작해야 할지 모르겠다면 이어지는 페이지에 수록해 둔 한용운의 시 〈사랑하는 까닭〉을 필사해 보세요. 이 시는 미소, 눈물, 건강과 같은 일상적인 언어로 사랑을 노래합니다. 그런데 살짝 낯선 단어인 '홍안'이 등장하지요. 홍안은 붉은 얼굴이라는 뜻으로, 젊어서 혈색이 좋은 얼굴을 이르는 말인데요. 시인이 젊음이나 청춘이라는 표현 대신 홍안이라는 단어를 사용한 이유를, 그 단어가 뿜어내는 특유의 생동감을, 일상이 문학으로 변모하는 찬란한 순간을, 찬찬히 따라 쓰며 직접 느껴보셨으면 합니다.

028 한용운 시, 〈사랑하는 까닭〉

내가 당신을 사랑하는 것은
까닭이 없는 것은 아닙니다.
다른 사람들은 나의 홍안만을 사랑하지만은
당신은 나의 백발도 사랑하는 까닭입니다.

내가 당신을 사랑하는 것은
까닭이 없는 것은 아닙니다.
다른 사람들은 나의 미소만을 사랑하지만은
당신은 나의 눈물도 사랑하는 까닭입니다.

내가 당신을 사랑하는 것은
까닭이 없는 것은 아닙니다.
다른 사람들은 나의 건강만을 사랑하지만은
당신은 나의 죽음도 사랑하는 까닭입니다.

'홍안' 대신 '젊음'이나 '청춘'과 같은 일상적인 표현을 써 보면
어쩐지 밋밋한 느낌이 들지 않나요? '건강'이라는 단어를 다른
표현으로 대체해 보는 것도 좋은 공부가 될 텐데 저라면 '숨결'
이라는 표현을 쓰겠어요.

029 에밀 아자르 소설,《자기 앞의 생》

완전히 희거나 검은 것은 없단다. 흰색은 흔히 그 안에 검은색을 숨기고 있고, 검은색은 흰색을 포함하고 있는 거지.

_문학동네, 용경식 옮김, 2003년, 96쪽

한 문장 안에서 같은 단어가 반복되면 중언부언하는 느낌이 듭니다. 이 문제를 해결하는 방법은 간단합니다. 유의어를 찾아 바꿔 쓰면 되거든요. 더 나아가, 뜻은 다를지라도 맥락이 유사한 단어를 사용한다면 표현이 더욱 풍부해지지요. 작가는 흰색은 검은색을 '숨기고' 있고 검은색은 흰색을 '포함하고' 있다고 말했습니다. '숨기다'는 감추어 보이지 않게 한다는 의미를, '포함하다'는 사물이나 범위 속에 함께 넣는다는 뜻을 가진 단어인데요. 두 단어의 의미는 서로 다르지만 '내포하다'라는 유사한 맥락을 지니고 있기에 자연스러우면서도 깊이 있는 문장이 완성되었지요?

030 이슬아 에세이, 《아무튼, 노래》

하지만 어떻게 다시 그렇게 부를 수 있을까? 아무도 보고 있지 않다는 듯이. 누가 보고 있어도 괜찮다는 듯이. 내가 나여서 다행이라는 듯이. 언제든 네가 될 수도 있다는 듯이. 노래하는 사람은 어쩔 수 없이 영혼을 들켜버리고 만다. 좋은 가수는 좋은 작가가 해낸 것과 비슷한 일을 해낸 것인지도 모른다. 아무도 아닌, 동시에 십만 명인 어떤 사람이 되는 것. 그렇게 투명하고 담대한 사람이 되면 음악의 사랑을 받으며 노래할 수 있을 것이다.

_위고, 2022년, 142쪽

031 이정록 시, 〈서시〉

마을이 가까울수록
나무는 흠집이 많다.

내 몸이 너무 성하다.

_《벌레의 집은 아늑하다》, 문학동네, 2004년, 11쪽

032 존 윌리엄스 소설, 《스토너》

"자네가 어떤 사람인지, 어떤 사람이 되기로 선택했는지, 자신이 하는 일의 의미가 무엇인지 잊으면 안 되네. 인류가 겪은 전쟁과 패배와 승리 중에는 군대와 상관없는 것도 있어. 그런 것들은 기록으로도 남아 있지 않지. 앞으로 어떻게 할지 결정할 때 이 점을 명심하게."

_알에이치코리아(RHK), 김승욱 옮김, 2015년, 52쪽

033 최은영 소설,《밝은 밤》

"하나하나 다 맞서면서 살 수는 없어. 지연아, 그냥 피하면 돼. 그게 지혜로운 거야."

"난 다 피했어, 엄마. 그래서 이렇게 됐잖아. 내가 무슨 기분인지도 모르게 됐어. 눈물은 줄줄 흐르는데 가슴은 텅 비어서 아무 느낌도 없어."

_문학동네, 2021년, 278쪽

034 앙투안 드 생텍쥐페리 소설,《어린 왕자》

비밀을 하나 가르쳐줄게. 아주 간단해. 오직 마음으로 보아야 잘
보인다는 거야. 가장 중요한 것은 눈에 보이지 않아.

최승자 시, 〈일찍이 나는〉

일찍이 나는 아무것도 아니었다.
마른 빵에 핀 곰팡이
벽에다 누고 또 눈 지린 오줌 자국
아직도 구더기에 뒤덮인 천년 전에 죽은 시체.

아무 부모도 나를 키워주지 않았다
쥐구멍에서 잠들고 벼룩의 간을 내먹고
아무 데서나 하염없이 죽어가면서
일찍이 나는 아무것도 아니었다

떨어지는 유성처럼 우리가
잠시 스쳐갈 때 그러므로,
나를 안다고 말하지 말라.
나는너를모른다 나는너를모른다.
너당신그대, 행복
너, 당신, 그대, 사랑

내가 살아 있다는 것,
그것은 영원한 루머에 지나지 않는다.

《이 시대의 사랑》, 문학과지성사, 1999년, 9쪽

책에서는 흔히 볼 수 없는 '오줌'이라는 단어에 흠칫 놀라셨나
요? 하지만 '소변'은 너무 일상적이고 '소피'는 지나치게 점잖
으며 '쉬'는 아무래도 귀엽습니다. 아무것도 아닌 나를 강렬하
게 표현하기에는 '오줌'이라는 단어가 가장 적합하지 않을까
싶습니다. 단어와 짝꿍을 이루는 서술어도 함께 알아두어야 글
을 쓸 때 분위기를 해치지 않을 텐데요. 오줌은 누고, 소변이나
소피는 보고, 쉬는 하는 것이 어울리겠지요?

036 사뮈엘 베케트 소설,《머피》

태양은 대안 없이, 새로울 것도 없이 밝게 빛났다.

PART 2

매일의 감정을
구체적으로
표현하는 법

내 마음을 설명할 단어 하나 찾지 못한다면
_내면세계를 섬세하게 잘 표현한 말들

청소년기부터 시작된 아버지와의 갈등은 서른이 다 되도록 이어졌습니다. 제 인생은 저의 선택으로 이루어져야 하거늘 아버지의 간섭이 끊이지 않은 탓이었지요. 아버지는 늘 "다 너 잘되라고 하는 소리"라고 말씀하셨지만, 제가 느끼기에는 당신의 인생 과업을 완수하기 위한 강압적인 요구에 지나지 않았습니다. 아버지와의 대화는 곧 다툼으로 이어졌기에 제대로 된 대화를 주고받은 기억이 없다시피 한데요. 이따금 카페에서 도란도란 이야기를 나누는 부녀의 모습을 볼 때면 '내 아버지는 왜 저렇게 다정하지 못할까' 하는 생각에 뽀로통한 표정이 절로 지어졌답니다.

결국은 아버지가 원하는 직업 중 하나를 선택해 꾸역꾸역 직장에 다니기 시작했습니다. 그곳에서의 나날은 말해 뭐할까요. 몹시도 서러운 일을 겪었던 어느 날에는 집으로 돌아와 어머니의 얼굴을 보자마자 눈물이 터지고야 말았는데요. 놀란 어머니는 저를 품에 안고서 아무런 말없이 다독여 주셨지요. 나중에야 언니에게 전해 들은 이야기지만, 그런 제 모습을 멀찍이서 바라보고 있던 아버지가 하늘이 무너지는 것 같은 표정을 짓고 계셨다지요. 오랜 세월 동안 품어온 아버지를 향한 오해가 슬며시 풀리는 순간이었습니다.

일찍 들어오라는 듣기 싫은 잔소리에는 컴컴한 밤거리에 도사리고 있을 위험에서 비롯된 '염려'가, 제 방문을 노크도 없이 벌컥 여는 무례함에는 속마음을 좀처럼 꺼내놓지 않는 딸내미에 대한 '궁금증'이, 하루라도 빨리 결혼해야 한다는 구시대적 사고방식에는 험난한 세상을 함께 헤쳐 나갈 동반자를 만나게 해줘야 한다는 '조급함'이 숨어 있었을 테지요. 이다지도 다양한 감정을 품고 있음에도 저에게 애먼 짜증만 냈던 건, 그 감정을 표현할 마땅한 말을 찾지 못했기 때문일 것입니다. 당신 역시 당신의 아버지에게 그런 말을 들어본 적 없었을 테니까요.

　이러한 사람이 어디 제 아버지뿐일까요. 표현이 서툰 부모 세대와 그 아래에서 자란 우리네 역시 감정을 나타내는 데에 미숙한 것이 사실입니다. 감정과 관련된 단어를 머리로 알고 있다고 해도, 입 밖으로 소리 내어 말하는 일은 낯선 외국어를 구사하는 것처럼 어색하고 쑥스럽기만 할 테지요. 하지만 내 안에서 일어나는 감정은 표현하지 않는다면 모호한 느낌에 지나지 않습니다. "내가 그의 이름을 불러주기 전에는/그는 다만/하나의 몸짓에 지나지 않았다.//내가 그의 이름을 불러주었을 때,/그는 나에게로 와서/꽃이 되었다"라는 김춘수의 시, 〈꽃〉의 한 구절처럼 말이지요.

　서울대 심리학과 팀의 연구에 따르면 우리말에는 감정을 표현하는 단어가 총 434개나 된다고 합니다. 우리는 이 중 얼마나 많은 단어를 알고 있을까요. 그리고 개중 얼마나 되는 단어를 사용하고 있을까요. 감정과 관련된 어휘를 많이 알면 알수록 자기감정을 정확하게 깨닫고 건강하게 표현하기 유리한 것은 자명한 사실입니다. 여러 사람과 공존하며 살아가기 위해, 또 우리의 아래 세대에게 이 귀한 자산을 물려주기 위해 감정 어휘를 부지런히 익히고 사용할 필요가 있겠지요? 그런 의미에서, 여기서는 내면세계를 섬세하게 표현한 문장을 준비해 봤습니다. 문장 곳곳에 감정과 관련된 어휘가 숨어 있으니, 따라 쓰는 데서 그치는 대신 소리 내어 읽어 보기를 권해드립니다. 어휘를 입에 붙여 놓아야 말할 적에도 수월하게 느껴질 테니까요.

김춘수 시, 〈꽃〉

내가 그의 이름을 불러주기
전에는
그는 다만
하나의 몸짓에 지나지 않았다.

내가 그의 이름을 불러주었을 때,
그는 나에게로 와서
꽃이 되었다.

내가 그의 이름을 불러준
것처럼
나의 이 빛깔과 향기에 알맞는
누가 나의 이름을 불러 다오.
그에게로 가서 나도
그의 꽃이 되고 싶다.

우리들은 모두
무엇이 되고 싶다.
너는 나에게 나는 너에게
잊혀지지 않는 하나의 눈짓이
되고 싶다.

이 시에는 감정을 나타내는 어휘가 직접적으로 드러나 있지는 않습니다. 그러나 시를 읽어 내려가다 보면 '외로움'이라는 감정이 절로 느껴지지요. 이처럼 외롭다는 단어를 쓰지 않으면서도 외로움을 나타낼 수도 있답니다. 고수들의 영역이기는 합니다만 한번 시도해 보는 것도 좋은 공부가 되겠지요?

038 구병모 소설, 《위저드 베이커리》

자신의 아픔은 자신에게 있어서만 절댓값이다.

_창비, 2009년, 163쪽

039 박완서 에세이,《모래알만 한 진실이라도》

수녀원의 언덕방과 인연을 맺은 지도 어언 6년이 된다. 내 생애에서
가장 고통스러웠던 1988년 가을이었으니까. 나는 그때 나만
당하는 고통이 억울해서도 미칠 것 같았지만 남들이 나를 동정하고
잘해주려고 애쓰는 것도 견딜 수가 없었다. 남들은 물론 자식들까지
나를 건드리지 않으려고 신경 쓰며 위해만 주는 게 내가 마치
고약한 부스럼 딱지라도 된 것처럼 비참했다. 그렇다고 안 위해주고
평상시처럼 대해주었더라도 야속했을 것이다. 요컨대 나는 무슨
벼슬이라도 한 것처럼 내 불행으로 횡포를 부리고 있었다.

_세계사, 2022년, 67쪽

040 진은영 시, 〈남아 있는 것들〉

아침의 기슭엔 면도한 얼굴로 말끔하게 희망이, 오후가 되면
거뭇거뭇 올라오는 수염 같은 절망이 남아 있고 또다시 아침, 부서질
마음의 선박과 원자로들이, 잘 묶인 매듭처럼 반드시 풀리는 나의
죽음이 남아 있고

《나는 오래된 거리처럼 너를 사랑하고》, 문학과지성사, 2022년, 34쪽

041 제인 오스틴 소설,《오만과 편견》

"겸손한 척하는 것보다 더한 기만은 없죠." 다아시가 말했다. "겸손해 보이지만 사실 내세울 만한 의견이 없거나, 때로는 은근한 자기 자랑일 때도 있거든요."

042 장 폴 사르트르 소설,《구토》

내가 무엇을 두려워하고 있었던가. 그것만이라도 알았다면 벌써
많이 진보했을 것이다.

_문예출판사, 방곤 옮김, 1999년, 13쪽

043 쑥 에세이,《흐릿한 나를 견디는 법》

우렁차게 울었고 힘차게 패배했다. 힘내서 힘듦을 인정했다. 조금은 맑아진 정신과 눈빛으로 나를 힘들게 하는 것들을 찾아냈다. 그들을 찬찬하고 은근하게 밀어냈다. 싫은 곳에서 도망칠 것, 유쾌하지 않은 것은 무시할 것, 나를 평안하게 만드는 것들로 내 일상을 구성할 것. 불행을 타파할 수 있는 행위에 힘을 쏟았다. 일련의 과정을 지나며 뭉근한 무기력은 은밀하게 자취를 감췄다.

마침내 승리했다. 패배함으로써.

_빅피시, 2024년, 254쪽

'우렁차다·힘차다·힘내다'는 주로 긍정적인 상황에서 쓰이는 단어입니다. 그런데 부정적인 단어인 '울었다·패배했다·힘들다'와 어울려 쓰였지요. 이 낯선 조합이 자꾸만 눈길을 붙잡아 글의 의미를 들여다보게 만듭니다. 일상에서 쓰이는 평범한 단어만으로 감정을 참신하게 전달하는 작가의 실력에 감탄이 절로 나왔답니다.

044 나쓰메 소세키 소설,《나는 고양이로소이다》

태연하게 보이는 사람들도 마음속을 두드려보면 어딘가 슬픈 소리가
난다. 깨달은 듯해도 사람의 두 발은 여전히 지면 밖을 벗어나지
않는다.

045 정이현 소설,《달콤한 나의 도시》

모든 고백은 이기적이다.

사람들이 누군가에게 고백을 할 때, 그에게 진심을 알리고 싶다는
갈망보다 제 마음의 짐을 덜고 싶다는 욕심이 더 클지도 모른다.

_문학과지성사, 2006년, 106쪽

구체적인 감정을 두루뭉술하게 표현하지 않는 법
_감정 어휘의 미묘한 뉘앙스 파악하기

'희로애락'은 사람이 살아가면서 느끼는 네 가지 감정을 뜻하는 말입니다. 기쁨과 노여움과 슬픔과 즐거움을 아울러 이르지요. 이 네 가지를 기본으로 감정은 더욱 세세하게 분류되는데요. 그 감정을 일일이 읊거나 정의를 설명하는 일로 페이지를 낭비하지는 않으려 합니다. 감정과 관련된 어휘의 목록은 인터넷에서 쉽게 찾아볼 수 있고, 각 감정의 정의 역시 국어사전에 명확하게 정리되어 있으니까요. 다만, 국어사전을 찾아보는 방식에 대해 약간의 첨

언을 하고자 하는데요. 국어사전 속에 담겨 있는 단어의 정의는 여러 사람이 머리를 맞댄 끝에 얻은 결과물이기에 객관적이기는 하지만, 짧은 문장 안에 그 의미를 포괄적으로 담으려 하다 보니 구체적이지 못한 것이 사실입니다. 즉, 감정 어휘가 지닌 말맛을 파악하려면 조금 더 깊게 파고들 필요가 있다는 이야기입니다.

어린 시절, 꼬리에 꼬리를 물고 단어의 뜻을 찾아 나만의 정의를 내려 보는 일을 놀이처럼 즐기곤 했습니다. 한번은 '사랑'이라는 단어의 뜻이 궁금해 국어사전을 찾아보았는데요. '어떤 상대의 매력에 끌려 열렬히 그리워하거나 좋아하는 마음'이라는 답을 얻을 수 있었지요. 그러나 '매력', '열렬히', '그리워하다', '좋아하다'라는 단어 역시 어린 저에게는 모호하게만 느껴졌습니다. 그리하여 각각의 뜻을 찾아본 후 앞선 문장에 대입하기에 이르렀지요. 그 결과 '사람의 마음을 사로잡는 힘에 끌려 몹시 사납고 세차게 보고 싶어 몹시 답답하거나 안타까워 속이 끓거나 좋은 느낌을 가지는 것'이라는 한층 자세한 설명이 완성되더군요. 이 문장 안에서 '몹시'라는 단어가 반복되는 걸 보고 "아, 사랑은 몹시 몹시구나!" 하는 저만의 정의를 내리게 되었답니다.

'아끼다', '좋아하다', '총애하다', '경애하다', '사모하다', '애지중지하다'를 국어 사전에 검색해 보면 '사랑하다'와 대동소이하다는 사실을 알 수 있습니다. 그러나 위에서 본 것과 같이 단어를 파고들다 보면 각 단어가 지닌 미묘한 차이를 체감할 수 있고, 감정의 강도나 가까운 정도에 따라 구별해서 사용해야 할 필요성을 느끼게 되지요. 단어를 적확하게 사용하는 만큼 뜻하고자 하는 바를 정확하게 전달할 수 있을 테니까요. 물론 '쾌'와 관련된 단어는 두루뭉술하게 쓴다 해도 별다른 문제가 일어나지는 않습니다. 그러나 '불쾌'를 나타내는 단어를 사용할 적에는 각별한 주의가 필요합니다. '불편하다'고만 해도 충분할 것을 '혐오스럽다'고 말한다든지 '울적하다'고만 해도 차고 넘칠 것을 '애통하다'고 말했다가는 괜한 오해를 살 수도 있으니까요.

때와 장소에 맞는 옷차림이 있듯 감정을 나타내는 단어를 쓸 때도 분별력이 필요합니다. 누군가 정리해 놓은 단어의 목록을 살펴보며 그 힘을 기르는 것도 나쁘지 않지만, 문장 안에서 살아 숨 쉬는 감정 어휘를 직접 발견하는 편이 더욱 효과적인 것은 당연지사겠지요. 어떠한 상황에서 그러한 단어가 쓰였는지 자연스레 파악할 수 있으니 실생활에 적용할 때도 한결 용이할 테니까요. 그렇게 발견한 감정 어휘에 대해 더욱 깊이 알고 싶다면 앞서 말씀드린

방법으로 나만의 정의를 내려 보는 것도 좋겠지요? 실습으로 이어질 수 있도록, 문장마다 감정 어휘가 가득 담긴 알랭 드 보통의 에세이 《프루스트가 우리의 삶을 바꾸는 방법들》의 한 구절을 이어지는 페이지에 준비해 놓았습니다. 꼬리에 꼬리를 물고 국어사전을 찾아보려면 시간이 걸릴 테니 여유가 있을 적에 시도해 보세요.

046 알랭 드 보통 에세이, 《프루스트가 우리의 삶을 바꾸는 방법들》

"행복은 몸에 좋지만, 정신의 강인함을 발달시켜주는 것은 바로 슬픔이다." 이 슬픔은 우리가 더 행복한 시절이라면 회피했을 일종의 정신적 체육 활동을 거치도록 해 준다. 실제로 그의 말에 담긴 암시란, 우리가 정신 능력의 발달에 진정한 우선순위를 둔다면, 우리는 만족보다 오히려 불행한 채로 있는 편이 더 나으리라는, 그리고 플라톤이나 스피노자를 읽는 것보다는 오히려 괴로운 연애를 추구하는 편이 더 나으리라는 것이다.

_청미래, 박중서 옮김, 2023년, 95쪽

'행복'은 '생활에서 충분한 만족과 기쁨을 느끼어 흐뭇함'을 뜻하는 말입니다. 음, 아직 행복이 멀리 있는 것만 같군요. 국어사전에서 '만족', '기쁨', '흐뭇하다'의 뜻을 검색한 후 앞선 문장에 대입하고 다듬어 보니 '생활에서 모자람 없이 마음에 흐뭇함과 욕구가 충족되었을 때의 흐뭇함을 느껴 불만이 없이 푸근함'이라는 문장이 완성되네요. 아, 그러니까 행복은 흐뭇하고 또 흐뭇한 것이로군요! 숙련된 조교의 시범은 여기까지. 이제 여러분의 차례입니다.

047 최진영 소설, 《구의 증명》

네가 있든 없든 나는 어차피 외롭고 불행해.

나는 고집스럽게 대꾸했다.

행복하자고 같이 있자는 게 아니야. 불행해도 괜찮으니까 같이

있자는 거지.

_은행나무, 2015년, 151쪽

요한 볼프강 폰 괴테 시,
〈사랑하는 사람을 가까이에서〉

해가 눈부시게 바다를 비출 때
나는 너를 생각한다
달빛이 반짝이며 샘을 물들일 때
나는 너를 생각한다
저 머나먼 길에 먼지가 날릴 때
나는 너를 본다
깊은 밤 작은 길을 나그네가 지날 때
나는 너를 본다

깊은 밤중 멀리서 파도 소리 울릴 때
나는 너의 목소리를 듣는다
고요한 숲속 침묵의 경계를 거닐며
나는 귀를 기울인다

나는 너의 곁에 있다
멀리 떨어졌어도
너는 가까이에 있으니
해가 져도 곧 별이 반짝이겠지
여기 네가 있다면

049   안톤 체호프 소설, 〈공포〉

삶이 짓누르기 전에 네가 먼저 삶을 부숴 버려.
삶으로부터 얻을 수 있는 모든 것을 얻으란 말이야.

050 최영미 시, 〈선운사에서〉

꽃이
피는 건 힘들어도
지는 건 잠깐이더군

골고루 쳐다볼 틈 없이
님 한번 생각할 틈 없이
아주 잠깐이더군

그대가 처음
내 속에 피어날 때처럼
잊는 것 또한 그렇게
순간이면 좋겠네

멀리서 웃는 그대여
산 넘어 가는 그대여

_《서른, 잔치는 끝났다》, 이미, 2020년, 10쪽

051 앙드레 지드 소설,《지상의 양식》

저녁을 바라볼 때는 하루가 거기서 죽어 가듯 바라보라. 그리고
아침을 바라볼 때는 만물이 거기서 태어나듯 바라보라.
그대의 눈에 비치는 것이 순간마다 새롭기를.
현자란 모든 것에 감동하는 자다.

저녁을 죽음으로, 아침을 탄생으로 바라보라는 앙드레 지드의
제안은 과거에 얽매여 사는 우리에게 '새로움'이라는 시각을
열어줍니다. 여러분이 하루를 탄생처럼 시작한다면 어떠한 감
정을 느끼실 것 같나요? 저는 산뜻함, 신선함, 설렘, 두근거림
과 경이로움이라는 어휘가 떠오르는데요. 이 중에서 여러분의
감정을 대변할 만한 단어가 있다면 '새로움'을 대체하여 필사
해 보세요.

052 폴 오스터 소설,《달의 궁전》

사랑이야말로 추락을 멈출 수 있는, 중력의 법칙을 부정할 만큼
강력한 단 한 가지 것이다.

_열린책들, 황보석 옮김, 2000년, 77쪽

053   J.M. 바스콘셀로스 소설, 《나의 라임오렌지나무》

저는 이미 시작했는데요, 죽인다고 꼭 벅 존스의 권총을 빌려 빵 쏘아 죽이는 게 아니에요. 그게 아니란 말이에요. 제 생각 속에서 죽이는 거예요. 사랑하기를 그만두는 거죠. 그렇게 되면 언젠가 완전히 죽게 되는 거예요.

054 기욤 아폴리네르 시, 〈미라보 다리〉

미라보 다리 아래 센 강은 흐르고
우리네 사랑
기억해야 하는가
기쁨이란 언제나 고통 뒤에 온 것임을

밤이 온들 시간이 울린들
하루하루가 떠나고 나는 머무네

손에 손을 잡고 서로를 마주 보자
비록 저기
우리의 팔로 이어진 다리 아래
영겁의 시선에 지친 물결이 흐를지라도

밤이 온들 시간이 울린들
하루하루가 떠나가고 나는 머무네

사랑은 가네 흐르는 물처럼
사랑은 가네
삶이란 느린 것이기에

또 희망이란 난폭한 것이기에
밤이 온들 시간이 울린들
하루하루가 떠나가고 나는 머무네

하루하루가 지나고 한 주 한 주가 지나가고
지나간 시간도
그 사랑도 돌아오지 않아
미라보 다리 아래 센 강은 흐르고

밤이 온들 시간이 울린들
하루하루가 떠나가고 나는 머무네

신중하게 선택한 단어에 담긴 진심의 힘

_공감과 소통 능력을 높여주는 말들

　여러 해 전, 친구와 유럽으로 여행을 떠났습니다. 제 인생 첫 장거리 비행
인지라 가슴이 잔뜩 부풀었지요. 이왕이면 창가에 앉아 발아래에 놓인 세상
을 내려다보고 싶었지만 친구에게 자리를 양보했습니다. 한국으로 돌아올 적
에는 친구가 저에게 창가 자리를 내줄 것을 은근히 기대하면서 말입니다. 저
의 예견은 틀리지 않았습니다. 친구가 저더러 창가에 앉겠느냐 먼저 물어왔
으니까요. 하지만 이어지는 상황은 예상을 한참이나 벗어났습니다. 예의상

괜찮다며 사양하는 저에게 친구가 이러한 대답을 내놓았거든요. "그래? 그럼 내가 앉을게."

　저는 몹시 당황하지 않을 수 없었습니다. "이번에는 네가 앉아야지" 하고 친구가 말하면 "아냐, 난 진짜 괜찮으니까 네가 앉아" 하며 약간의 실랑이를 벌이다가 결국에는 제가 창가에 앉는 모습을 상상했기 때문입니다. 이런 제 마음도 모르고 창문에 머리를 기댄 채 꾸벅꾸벅 조는 친구의 옆모습이 어찌나 얄밉던지요. 집으로 돌아와서도 분이 풀리지 않은 저는 언니에게 실컷 고자질을 했지만 언니의 반응에 다시 한번 당황하고야 말았답니다. "네가 괜찮다고 했다면서. 창가에 앉고 싶으면 앉고 싶다고 얘기를 했어야지. 친구가 독심술사라도 돼?"

　그러고 보면 저는 언제나, 상대방이 제 마음을 알아채고 공감해 주기를 바랐습니다. 좋아하는 마음, 보고 싶어 하는 마음, 늦은 밤까지 함께 시간을 보내고 싶어 하는 마음, 내 생일에 연락 한 통 없어 야속해하는 마음, 부탁을 거절하지 못해 곤란해하는 마음, 내가 배려하는 만큼 나를 생각해 주지 않아 서운해하는 마음…. 하지만 이런 속마음을 꺼내놓는 일이 아무래도 열없게만 느꺼져 "그래", "알았어", "괜찮아" 하는 말만 반복하곤 했지요. 이러한 소통의 부재는 상대방을 향한 오해를 불러왔고, 눈덩이처럼 커져만 가는 오해를 감당하지 못해 거리를 두는 일이 다반사였답니다.

저만큼이나, 아니 어쩌면 저보다 더 관계에 서툰 사람이 또 있습니다. 그녀는 이렇게 말했지요. "제게는 친구가 얼마 없어요. 손가락으로 셀 수 있을 정도예요—그렇게 해도 손가락이 남죠"라고 말입니다. 하지만 그녀와 저의 다른 점이 있다면 얼마 없는 친구들과 편지를 통로 삼아 깊은 교감을 나눴다는 점입니다. 그녀는 대외 활동을 극도로 자제하는 고독한 삶을 살았지만 편지를 통해 주변인들에게 경의와 사랑을 표하는 일을 서슴지 않았다지요. 편지를 "지상의 기쁨"이라 표현한 그녀는 바로 미국의 대표적인 시인 '에밀리 디킨슨'입니다.

이어지는 페이지의 디킨슨의 서간문을 읽다 보면 마치 나에게 보내온 편지를 읽는 것처럼 가슴이 따스해지는데요. 자신의 문학적 스승에게 쓴 편지의 한 구절에서 그 이유를 엿볼 수 있었답니다. "선생님의 큰 친절에 감사를 표하고 싶지만 제가 감당할 수 없는 단어들을 도용하려는 노력은 결코 하지 않을게요." 이것은 자신이 체화한 단어만으로 마음을 전하겠다는 방증일 것입니다. 그렇게 신중하게 선택된 단어는 쓰는 이의 진심을 담지 않을 리 없고, 진심이 담긴 문장은 상대방의 가슴에 닿지 않을 리 없을 테지요.

이번 파트에는 에밀리 디킨슨처럼 공감과 소통을 위한 노력을 늦추지 않은 작가들의 문장들을 담아 보았습니다. 그들이 어떠한 단어를 매개로 상대와 교감하려 했는지 주의 깊게 살펴본다면 우리 역시 그 모습을 닮아갈 수 있을 거라는 희망을 품어봅니다. 혹자는 이 모든 것이 위대한 작가이기에 가능한 일이라며 낙심할지도 모르겠습니다. 하지만 상대방에게 마음을 솔직하게 털어놓는 건 그 누구에게나 쉽지 않은 일입니다. 어쩌면 우리가 배워야 할 것은 단어 그 자체가 아닌, 그 단어 안에 진심을 담아 전달할 줄 아는 '용기'일지도 모르겠습니다.

055 에밀리 디킨슨 서간문, 〈볼스 선생님께〉

당신께 보내 드릴 꽃이 없어 제 마음을 함께 보냅니다. 제
마음은 작고, 때로는 반쯤 깨져 있기도 하지만 친구들에게는
강아지만큼이나 친근하게 대한답니다. 당신의 꽃은 천국에서
왔지요. 만약 제가 그곳에 간다면 꽃을 잔뜩 꺾어 드릴게요.
선생님께 감사하다는 말을 전하고 싶은데, 제 말들은 멀리서만
맴도는 것 같아요. 그러니 제 그렁하게 찬 눈에서 흘러나온 은으로 된
눈물을 대신 받아 주세요.

'감사하다'는 느낄 감感, 사례할 사謝 자를 쓰는 한자어입니다.
한자 그대로 풀어보자면 '사례하고 싶은 마음이 든다'는 뜻이
겠지요. 디킨슨은 감사한 마음을 표현할 길을 찾지 못해 "은으
로 된 눈물"을 받아달라고 말합니다. 감사를 표현하는 단어는
나라마다 다르지만 그 마음을 전달하고자 하는 방식은 국경을
초월하는 듯싶습니다.

056 제롬 데이비드 샐린저 소설,
《호밀밭의 파수꾼》

누구에게도 아무 말도 하지 마. 말을 하게 되면 모든 사람이 그리워지기 시작할 테니까.

057　이석원 에세이, 〈그대〉

활짝 핀 꽃 앞에
남은 운명이
시드는 것밖엔 없다 한들

그렇다고
피어나길 주저하겠는가.

_《보통의 존재》, 달, 2009년, 188쪽

058 윌리엄 셰익스피어 소설,《로미오와 줄리엣》

격렬한 기쁨은 격렬하게 끝이 나게 마련이지. 불과 화약이 닿자마자 폭발하듯 승리는 절정에서 죽게 마련이야. 지나치게 단 꿀은 도리어 달아서 싫증이 나고, 맛을 보면 입맛을 버리지. 그러니 사랑은 적당히 해야 해. 오래가는 사랑은 모두 그러해. 서두르면 느리게 가는 것보다 오히려 느린 법이지.

로미오와 줄리엣의 비밀 결혼을 주재한 로런스 신부가 그들에게 충고를 전하고 있습니다. 그는 직접적인 어휘로 우려를 표하는 대신, 불과 화약은 닿자마자 폭발한다는 비유를 통해 그들의 사랑이 지닌 위험성을 넌지시 알려주었지요. '격렬한 기쁨'과 '단 꿀'처럼 긍정적인 어휘로 날카로운 경고를 전하는 화법 또한 탁월합니다. 상대방에게 조언하고자 할 때, 로런스 신부처럼 적절한 비유와 부드러운 단어를 활용한다면 듣는 이로 하여금 감정적인 저항을 줄일 수 있겠지요?

059 나희덕 시, 〈푸른 밤〉

너에게로 가지 않으려고 미친 듯 걸었던
그 무수한 길도
실은 네게로 향한 것이었다

까마득한 밤길을 혼자 걸어갈 때에도
내 응시에 날아간 별은
네 머리 위에서 반짝였을 것이고
내 한숨과 입김에 꽃들은
네게로 몸을 기울여 흔들렸을 것이다

사랑에서 치욕으로,
다시 치욕에서 사랑으로,
하루에도 몇 번씩 네게로 드리웠던 두레박

그러나 매양 퍼올린 것은
수만 갈래의 길이었을 따름이다
은하수의 한 별이 또하나의 별을 찾아가는
그 수만의 길을 나는 걷고 있는 것이다

나의 생애는

모든 지름길을 돌아서

네게로 난 단 하나의 에움길이었다

《그곳이 멀지 않다》, 문학동네, 2022년(초판 2004년), 16쪽

060 스탕달 소설,《적과 흑》

만약 누군가 유능한 사람이라고 생각된다면 그가 욕망하는, 그가
시도하는 모든 것 앞에 장애물을 놓아라. 그가 정말 재능 있는
사람이라면 장애를 무너뜨리거나 피할 수 있을 것이다.

061 베르톨트 브레히트 시,〈살아남은 자의 슬픔〉

물론 나는 알고 있다
단지 운이 좋았던 덕분에
나는 그 많은 친구보다
오래 살아남았다

그러나 지난 밤 꿈속에서
이 친구들이 나에 대해
이야기하는 소리를 들었다
"강한 자는 살아남는다"
그러자 나는 자신이 미워졌다

품격 있는 어휘로
세계를
넓히는 법

연필을 서걱이는 소리만으로 받을 수 있는 위로
_내일을 기대하게 만드는 단어의 힘

아침이 밝아 오면 의지와는 상관없이 하루가 시작됩니다. 쏟아지는 연락에 답하고 잔뜩 쌓인 일거리를 해치우기에 바빠서 내게 닥친 현실이 싫다 좋다 생각할 겨를조차 없지요. 그렇게 분초를 다투다 보면 어느새 뉘엿뉘엿 해는 지지만 온종일 분주했던 마음은 가라앉을 줄 모릅니다. 지친 몸을 이끌고 집으로 돌아와 한참을 멍하니 누워 있고 나서야 소란했던 마음이 시나브로 잠잠해지지요. 흙탕물 속 흙이 가라앉아 맑은 물이 되듯, 그제야 제 마음이 투명하게 들여다보입니다. 이대로 살아도 괜찮은 걸까, 꿈꿔온 일을 해보고 싶은데, 어디서부터 어떻게 시작하면 좋을까... 하지만 깊은 생각에 잠기려는 찰나 깊은 잠에 빠져들고야 맙니다.

이러한 생활에서 잠시라도 벗어나고자 멀리 여행을 떠나는 사람도, 친구를 만나 수다를 떠는 사람도, 지쳐 쓰러질 때까지 달리거나 술을 진탕 마셔대는 사람도 있습니다. 하지만 타고난 에너지가 부족한 저에게는 이 모든 일이 힘겹게만 느껴졌습니다. 제가 가장 쉽게 할 수 있는 일탈은 책 속으로 도망치는 것이었지요. 그곳에는 다시 태어나지 않는다면 살아볼 수 없는 삶이 있었고, 감히 만나볼 수 없는 위대한 이의 빛나는 조언이 있었으며, 상상조차 하지 못했던 세상의 신비가 담겨 있었습니다. 그리고 전에는 본 적 없던 단어가 있었습니다. 내일이 기대되지 않는 하루하루를 보내던 저에게 힘을 주는 새로운 단어가 말입니다.

'돌팔이글방'이라는 말이 있습니다. 이는 '제대로 된 시설이나 정식 선생도 없이 어린아이들을 모아 놓고 글을 가르치는 변변하지 못한 글방'을 뜻하는 단어입니다. 비록 아무런 자격은 없지만, 그렇기에 오히려 저에게 어울리는 돌팔이글방을 언젠가는 차릴 수 있을 거라는 생각에 희망에 부풀었습니다. '비빔밥저냐'라는 귀여운 단어는 '숟가락으로 뚝뚝 뜬 비빔밥에 밀가루와 달걀을 묻혀 만든 부침개'라는 의미를 지니고 있었습니다. 맛있는 비빔밥을 더 맛있는 전으로 부친 음식이라니. 날이 밝으면 양푼에다 밥을 비벼 전을 부칠 생각에 입맛을 다시며 눈을 감았지요. "너희들은 저마다 자기 자신을 등불로 삼고 자기를 의지하라. 또 진리를 등불로 삼고 진리를 의지하라. 이밖에 다른 것에 의지해서는 안 된다"는 부처님의 가르침을 담은 '자등명自燈明 법등명法燈明'이라는 한자어는, 어디선가 구원자가 나타나기를 바라고 있던 저에게 '나의 구원자는 나'라는 깨달음을 주었답니다.

책 속에서 만난 어휘는 든든한 재산이 되었습니다. 그 재산을 잃지 않고 지금까지 간직할 수 있었던 건 노트 한 귀퉁이에 고이 보관해 둔 덕이지요. 이 알짜배기 투자법을 저 혼자만 알고 있기에는 너무나도 아깝습니다. 사는 일에 지쳤다면, 그리하여 지금과는 다른 삶을 살아보고 싶다면, 하지만 옴짝달싹할 수 없는 무기력함에 압도되어 있다면, 연필을 손에 쥐고 필사하는 작은 움직임부터 시작하기를 권합니다. 종이와 연필이 만들어 내는 서걱서걱 소리가 마음을 토닥토닥 다독여 주는 것은 물론, 문장 속에 숨어 있는 보물과도 같은 단어가 커다란 힘이 되어주니 심취하지 않을 수 없을 것입니다. 보들레르도 이렇게 말했습니다. "시간의 무서운 짐을 느끼지 않으려면 술이든 시든 무엇이든 좋으니 아무튼 취하라"라고 말입니다. 술을 드시러 가신다면 말릴 길은 없겠습니다만, 이어지는 페이지에 전문을 수록해 두었으니 이왕이면 시에 취해 보시는 건 어떨까요?

062 샤를 피에르 보들레르 산문시, 〈취하라〉

언제나 취해 있어야 한다. 모든 것이 거기에 있다. 그것이 유일한
문제다. 그대의 어깨를 짓누르고, 땅을 향해 그대 몸을 구부러뜨리는
저 시간의 무서운 짐을 느끼지 않으려면, 쉴 새 없이 취해야 한다.
그러나 무엇에? 술에, 시에 혹은 미덕에, 무엇에나 그대 좋을 대로.
아무튼 취하라.
그리하여 때때로, 궁전의 섬돌 위에서, 도랑의 푸른 풀 위에서,
그대의 방의 침울한 고독 속에서, 그대 깨어 일어나, 취기가 벌써
줄어들거나 사라지거든, 물어보라, 바람에, 물결에, 별에, 새에,
시계에, 달아나는 모든 것에, 울부짖는 모든 것에, 흘러가는 모든
것에, 노래하는 모든 것에, 말하는 모든 것에, 물어보라, 지금이
몇 시인지. 그러면 바람이, 물결이, 별이, 새가, 시계가, 그대에게
대답하리라. "지금은 취할 시간! 시간의 학대받는 노예가 되지
않으려면, 취하라, 끊임없이 취하라! 술에, 시에 혹은 미덕에, 그대
좋을 대로."

_《파리의 우울》, 문학동네, 황현산 옮김, 2015년, 99쪽

063

델리아 오언스 소설, 《가재가 노래하는 곳》

외로움을 아는 이가 있다면 달뿐이었다. 예측 가능한 올챙이들의
순환고리와 반딧불이의 춤 속으로 돌아온 카야는 언어가 없는
야생의 세계로 더 깊이 파고들었다. 한창 냇물을 건너는데 발밑에서
허망하게 쑥 빠져버리는 징검돌처럼 누구도 못 믿을 세상에서
자연만큼은 한결같았다.

_살림출판사, 김선형 옮김, 2019년, 267쪽

064

심보선 시, 〈청춘〉

(중략) 사랑한다는 것과 완전히 무너진다는 것이 같은 말이었을
때 솔직히 말하자면 아프지 않고 멀쩡한 생을 남몰래 흠모했을
때 그러니까 말하자면 너무너무 살고 싶어서 그냥 콱 죽어버리고
싶었을 때 그때 꽃피는 푸르른 봄이라는 일생에 단 한 번뿐이라는
청춘이라는

《슬픔이 없는 십오 초》, 문학과지성사, 2008년, 107쪽

F. 스콧 피츠제럴드 소설,《위대한 개츠비》

그 이웃집에서는 여름 내내 밤이 되면 음악이 흘러나왔다. 개츠비의
푸른 정원에서는 신사와 숙녀들이 별빛과 샴페인 사이를 불나방처럼
분주하게 오갔다. 오후의 만조 때가 되면, 나는 그들이 다이빙대에서
물로 뛰어내리거나 해변의 뜨거운 모래 위에서 일광욕을 즐기는
모습을 지켜보았다. 그 곁에서 두 대의 모터보트가 폭포처럼
물보라를 일으키며 바다를 가르기도 하였다.

066 다자이 오사무 소설,《인간 실격》

겁쟁이는 행복조차 두려워하는 법입니다. 목화솜에도 상처 입고,
행복에 상처 입을 수 있는 겁니다.

언젠가 블로그에 이런 글을 쓴 적이 있습니다. "내 마음은 연두
부. 내 마음은 계란찜." 작은 일에도 쉽게 상처받는 마음을 표
현한 것이었지요. 이런 저는 다자이 오사무의 소설을 읽고 커
다란 위로를 받았답니다. 목화솜과 행복에 상처 입는 사람도
있구나, 하는 동질감을 느꼈거든요. 이 책을 읽고 따라 쓰는 여
러분 역시 여린 감성을 지니고 계실 것 같은데요. 여러분의 마
음을 대변할 만한 단어를 떠올려 보고, 그 마음이 무엇에 상처
입곤 했었는지 적어보세요. 문장을 써내려 가는 동안만큼은 혼
자가 아니라는 위안이 손끝으로 전해질 거예요.

067 미치 앨봄 에세이,《모리와 함께한 화요일》

서로 사랑하고, 우리가 가졌던 사랑의 감정을 기억할 수 있는 한, 우리는 진짜 우리를 기억하는 사람들의 마음속에 잊히지 않고 죽을 수 있네. 자네가 가꾼 모든 사랑이 거기 그 안에 그대로 있고, 모든 기억이 여전히 거기 고스란히 남아 있네. 자네는 계속 살아남을 수 있어. 자네가 여기 있는 동안 만지고 보듬었던 모든 사람들의 마음속에.

_살림출판사, 공경희 옮김, 2013년, 184쪽

068 함민복 시, 〈긍정적인 밥〉

시집 한 권에 삼천 원이면
든 공에 비해 헐하다 싶다가도
국밥이 한 그릇인데
내 시집이 국밥 한 그릇만큼
사람들 가슴을 따뜻하게 덥혀줄 수 있을까
생각하면 아직 멀기만 하네.

시집이 한 권 팔리면
내게 삼백 원이 돌아온다
박리다 싶다가도
굵은 소금이 한 됫박인데 생각하면
푸른 바다처럼 상할 마음 하나 없네

_《모든 경계에는 꽃이 핀다》, 창비, 1996년, 94쪽

069 김금희 소설,《너무 한낮의 연애》

너의 무기력을 사랑해

너의 허무를 사랑해

너의 내일 없음을 사랑해

_문학동네, 2016년, 34쪽

070 라이너 마리아 릴케 서간문, 《젊은 시인에게 보내는 편지》

슬픔이 한 번도 본 적 없는 거대한 모습으로 눈앞을 가로막더라도 놀라지 마십시오. 그리고 믿어야 합니다. 삶이 당신을 잊지 않았다는 것을. 당신의 손을 잡고 있다는 것을. 결코 그 손을 놓지 않으리라는 것을.

071 마르쿠스 아우렐리우스,《명상록》

도저히 해내지 못할 것 같은 일도 계속 시도해보라. 다른 일에는 느린 왼손도 고삐는 오른손보다 더 단단히 잡는다. 왼손이 이 일을 익혀두었기 때문이다.

072   장 자크 루소,《에밀》

도착하길 바란다면 달려가야 한다.
그러나 여행을 하고 싶다면
걸어서 가야 한다.

품격을 높이는 언어를 사용한다는 것
_어른의 문장을 부단히 따라 쓰는 법

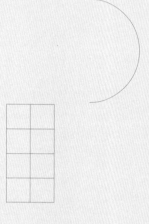

이따금 인터뷰 요청이 들어올 때면 걱정이 앞섭니다. 내향성이 짙은 저는 대외 활동 경험이 많지 않은데요. 이러한 연유로 공적인 자리에 어울리는 화법을 구사하는 일에 몹시도 미숙하기 때문입니다. "거짓말하고 싶지 않아요" 라고 말했으면 좋았을 것을 "뻥은 치기 싫어요" 하고 말한다든지, "창피해서 혼났어요"라고 말했으면 있어 보일 것을 "쪽팔려 죽는 줄 알았어요" 하고 말한다거나, "제 표정이 좀 안 좋았나요?"라고 말했으면 괜찮았을 것을 "제 얼굴이 완전 썩었죠?" 하고 말하는 식이지요. 한 번 내뱉은 말을 주워 담을 수만 있다면 얼마나 좋을까요. 이다지도 경솔한 문장을 남발하고 나면 몇 날 며칠을 자괴감에 시달린답니다.

거친 화법을 다듬어 보고자 일상에서 만난 세련된 문장을 잘 기억해 둡니다. 남녀노소 할 것 없이 모두가 저의 선생님이지요. 한번은 배달원에게 음식을 건네받는데 그 소리가 옆집 현관문을 비집고 들어갔는지 이웃 강아지가 짖어대기 시작했습니다. 온 힘을 다한 강아지의 포효에 배달원이 미소를 지었지요. "옆집에 맹수가 사나 봐요." '개' 자로 시작하는 험한 말을 다 두고 '맹수'라는 표현을 사용한 그의 정중함에 아무도 몰래 경탄했습니다. 요가원에 수련하러 간 어느 날에는 늘 함께 오던 남녀 중 여자가 보이질 않았는데요. 그녀의 행방이 은근히 궁금했던 찰나, 나이 지긋한 아주머니께서 남자에게 건네는 질문을 듣게 되었습니다. "짝꿍은 어디 갔어요?" 애인, 여자 친구, 부인처럼 관계를 단정 짓는 단어 대신 따스하고 부담 없는 '짝꿍'이라는 표현을 사용한 그녀의 사려 깊음에 홀딱 반하고야 말았답니다.

그들이 대단한 화법을 구사한 것은 아니었습니다. 그저 단어 하나만 달리 사용했을 뿐이지요. 그럼에도 그들에게서 남다른 기품이 느껴졌던 걸 보면 어휘가 지닌 힘이 보통은 아닌 모양입니다. 강원국의《어른답게 말합니다》에서도 이렇게 이야기하고 있습니다. 그는 노무현 대통령 재임 시절, 제2차 남북 정상회담 결과를 보고하는 연설문을 작성할 때 '말했다'는 단어에 주의를 기울였다고 합니다. '말'이 오가는 회담인 데다가 대통령이 그 결과를 '말'해야 하므로 '말했다'라는 단어가 반복적으로 등장할 수밖에 없었는데요. '강조했다', '언급했다', '운을 뗐다'와 같은 십수 가지의 유의어를 맥락에 따라 사용하여 연설의 정확도와 품격을 높였다지요.

일상의 대화는 연설이 아니기에 그저 '말했다'고 이야기해도 소통에 아무런 문제가 없을 것입니다. 하지만 철없는 아이처럼 말하는 일에서 벗어나고 싶다면, 상대방에게 나의 뜻을 보다 선명하게 전달하고 싶다면, 대통령의 연설처럼 힘 있고 단단한 화법을 구사하고 싶다면, 그에 걸맞은 단어를 사용하는 데에 노력을 기울여야 함이 마땅합니다. 습관처럼 사용하던 일상적인 단어에서 벗어나, 한 단계 더 높은 어휘를 익히고 그것을 능숙하게 사용하기까지는 오랜 시간이 걸릴지도 모르겠습니다. 지름길을 알려드리고 싶은 마음이야 굴뚝같지만, 아이가 어른의 말을 따라 하며 새로운 언어를 배우듯 어른의 문장을 부단히 따라 쓰며 공부하는 수밖에요.

　그래도 여러분을 이대로 보내기에는 아쉬우니 제가 쓰는 얄팍한 술수 하나를 알려드리겠습니다. 품격 있는 어휘를 쓰려는 노력도 좋지만 품격을 떨어뜨리는 어휘를 사용하지 않는 것도 방법입니다. 들었을 때 기분이 나쁜 저속한 말, 가슴을 철렁하게 하는 과격한 말, 사람을 구분 지어 차별하는 말, 상대방의 외모에 대한 평가가 담긴 말만 피해도 중간은 갈 수 있답니다. 벌써 중간까지 왔다니. 품격 있는 어휘라는 고지가 멀지 않았지요? 참, 페이지를 넘겨 《선량한 차별주의자》를 필사하다 보면 구체적인 예시를 확인하실 수 있을 거예요!

073 김지혜,《선량한 차별주의자》

결정장애라는 말이 왜 문제인지 제대로 이해하기 위해 장애인 인권
운동을 하는 활동가에게 전화를 걸어 물어보았다. 그는 우리가
일상에서 얼마나 습관적으로 장애라는 말을 비하의 의미로 사용하고
있는지에 대해 설명해 주었다. 무언가에 '장애'를 붙이는 건 '부족함',
'열등함'을 의미하고, 그런 관념 속에서 '장애인'은 늘 부족하고
열등한 존재로 여겨진다.

_창비, 2019년, 6쪽

이 밖에도 의식하지 못한 차별의 언어는 많습니다. 살색, 여류
작가, 처녀작, 미망인, 벙어리장갑 등이 그렇지요. 이는 각각 살
구색, 작가, 첫 작품, 고 ○○○씨의 부인, 손모아장갑으로 바꾸
어 말하는 것이 권장됩니다. 혹자는 과도한 언어 순화가 아니
냐며 볼멘소리를 하기도 하는데요. 이러한 어휘가 누군가에게
미치는 영향을 인식한다면 섣불리 사용할 수는 없겠지요?

074 월리엄 셰익스피어 소네트, 〈내 그대를 여름날에〉

모든 아름다움은 언젠가 시들고
우연이나 자연의 섭리에 따라 모습이 퇴색할 테지만
그대의 영원한 여름만은 시들지 않고
그대의 아름다움과 함께 영원하리니

'소네트'는 14행으로 구성된 서양의 시가로 '작은 노래'라는 의미를 지니고 있습니다. 소네트를 즐겨 지은 대표적인 작가로는 페트라카, 셰익스피어, 밀턴 등이 있는데요. 가장 잘 알려진 작가는 셰익스피어로 총 154개의 소네트를 남겼습니다. 〈내 그대를 여름날에〉는 18번 소네트지요. 그중 7~10행을 위쪽에 옮겨 두었답니다. 소네트는 행의 끝에 같은 운을 맞추는 형식을 따르지만, 안타깝게도 번역하는 과정에서 이러한 운율이 사라져 버리곤 하지요. 그러나 시가 전하고자 하는 본래의 메시지는 변함없을 테니 찬찬히 따라 쓰며 그 의미를 음미해 보세요.

075 마르셀 프루스트 소설, 《잃어버린 시간을 찾아서》

나는 마들렌 한 조각이 부드럽게 녹아든 홍차 한 숟가락을 기계적으로 입에 댔다. 그런데 과자 조각이 섞인 홍차 한 모금이 입천장에 닿는 순간 소스라치게 놀랐다. 몸속에 뭔가 이상한 일이 일어나고 있다는 것을 깨달은 것이다. 말로 설명하기 어려운 감미로운 기쁨이 나를 사로잡았다. 이 기쁨은 마치 사랑의 작용과 같이 귀중한 본질로 나를 채우고, 삶의 무상함에 무심하게 만들었으며, 삶의 짧음을 착각으로 여기게 했다. 아니, 그 작용은 내 몸속에 있는 것이 아니라 바로 나 자신이었다. 나는 더 이상 스스로 초라하고 우연적이며 죽어야만 하는 존재라고 여기지 않게 되었다.

076

이성복 시, 〈음악〉

비 오는 날 차 안에서

음악을 들으면

누군가 내 삶을

대신 살고 있다는 느낌

지금 아름다운 음악이

아프도록 멀리 있는

것이 아니라

있어야 할 곳에서

내가 너무 멀리

왔다는 느낌

굳이 내가 살지

않아도 될 삶

누구의 것도 아닌 입술

거기 내 마른 입술을

_《호랑가시나무의 기억》, 문학과지성사, 1993년, 54쪽

헤르만 헤세 시, 〈혼자〉

세상에는
크고 작은 길이 너무도 많다
그러나 도착지는 모두 다 같다

말을 타고 갈 수도 있고, 차로 갈 수도
둘이서 혹은 셋이서 갈 수도 있다
하지만 마지막 한 걸음은 혼자서 가야 한다

그러므로 아무리 어려운 일이라도
혼자서 해내는 것보다
더 나은 지혜나 능력은 없다

078 미셸 투르니에 에세이,《외면일기》

시간은 모든 것을 파괴한다. 우리가 사랑하는 모든 것을. 우리가
사랑하는 모든 사람들을. 그러나 시간은 또한 우리가 싫어하는 모든
것, 모든 사람들, 우리를 증오하는 모든 사람들, 그리고 또 고통,
심지어 죽음까지도 파괴하는 장점이 있다는 사실을 인정할 필요가
있다. 결국 시간은 우리들 자신을 파괴함으로써 우리의 모든 상과
모든 고통의 원천에 종지부를 찍는 것이다.

_현대문학, 김화영 옮김, 2004년, 19쪽

079 헨리크 입센 희곡,《인형의 집》

당신과 아버지는 내게 큰 잘못을 했죠. 당신들은 내가 아무것도 되지
못한 것에 관해 책임이 있어요.

080 이백 시, 〈장진주〉

그대는 보지 못하는가
황하의 강물이 하늘에서 내려와서
바삐 바다로 흘러들어가면 다시 돌아오지 못하는 것을

그대는 보지 못하는가
높다란 마루에서 거울을 보고 백발에 슬퍼하는 것을
아침에는 푸른 실과 같던 머리가 저녁에 눈처럼 변한 것을

어려운 말, 철학적 문장 앞에서 주저하게 된다면
_머리 아픈 단어일수록 생각의 깊이를 키운다

평소에 무얼 먹으며 지내느냐며 누군가 물어온다면 이슬만 마시며 산다고 요정처럼 대답하고 싶습니다. 하지만 저는 떡볶이, 된장찌개, 삼겹살에 초밥까지 당기는 인간인지라 사흘 걸러 한 번씩은 마트에 가지요. 먹고 싶은 음식을 잔뜩 사다가 주린 배를 채우고 나면 포식의 기쁨도 잠시, 몇 시간도 채 지나지 않아 허기가 지고야 맙니다. 하루에 세 번이면 그나마 다행이지요. 틈틈이 입이 궁금해 냉장고 문을 수시로 여닫으니 먹고 치우느라 날을 다 보내는 기분입니다. 정말로 이슬만 마시며 살 수 있다면 얼마나 좋을까요. 그렇다면 먹는 데에 돈 들일 필요가 없으니 지금보다 적게 벌어도 살 만할 텐데요.

　먹는 일에 진력이 나 마른 빵으로 끼니를 때운 어느 날, 철학을 전공한 친구에게 시지프(표준어는 '시시포스'이나 여기서는 이후 나올 작품명을 따라 '시지프'로 통일했습니다) 이야기를 꺼내며 공감을 구걸했습니다. 이내 굴러떨어질 것을 알면서도 산꼭대기로 바위를 밀어 올려야만 하는 시지프와, 이내 배고파질 것을 알면서도 입안으로 음식을 밀어 넣어야만 하는 저의 다름이 무엇이냐고 말입니다. 하지만 친구는, 눈감는 날까지 먹는 일을 반복해야 하는 삶이 형벌처럼 느껴진다는 저의 투정을 받아주지는 않고 알베르 카뮈의 《시지프 신화》를 읽어 본 적 있느냐 물어왔지요. 물론 읽어보기야 했습니다. '부조리', '실존'과 같은 단어에 두통을 느껴 맨 앞 열대여섯 쪽 정도만 읽었지만 말입니다.

　지옥 속 시지프의 내면을 정확히 아는 사람은 아무도 없답니다. 신화란 상상력을 바탕으로 생명을 불어넣으라고 만들어진 것이니까요. 카뮈는 생각했다고 합니다. 어떤 날은 시지프가 고통스러웠겠지만 또 어떤 날은 기뻤을 수도 있다고 말입니다. 시지프는 산꼭대기로 바위를 밀어 올리는 형벌 앞에서 좌절하는 대신 그 운명을 받아들이기로 했습니다. 계속해서 굴러떨어지는 바위를 산꼭대기에 보란 듯이 올려다 놓으며 자신에게 주어진 운명에 격렬하게 맞선 것이지요. "잘 생각해 봐. 누가 너한테 벌을 줬는데 네가 그 일을 기꺼이 해내면 그게 과연 벌일까?"

친구의 해석을 듣고 나니 또 하나의 눈이 뜨이는 느낌이었습니다. 그동안 제가 벌처럼 느꼈던 또 다른 일들에 대해 스스로 묻고 답하기 시작했지요. 반복되는 마감, 매일 지겹게 이어지는 운동, 하루라도 거를 수 없는 몸단장과 끝없이 찾아오는 외로운 밤. 제가 선택한 일들이었지만 때로는 그 무게가 힘겹기만 했습니다. 그러나 이 모든 일 앞에서 좌절하지 않고 기꺼이 해낸다면, 그 반복 속에서 나름의 행복을 찾는다면, 그것은 더 이상 나를 억누르는 무거운 짐이 아닌 성장을 위한 발판이 되어 줄 것은 자명한 사실이었습니다.

필독서로 여겨지기에 구매하기는 했지만 책장에 꽂아만 두었던 철학 책들이 그제야 눈에 들어왔습니다. 한없이 얄팍하기만 한 저의 생각을 깊고 넓게 해줄 보물을 곁에 두고도 몰라봤던 셈이죠. 혹시 여러분의 책장에도 먼지 쌓인 철학 책이 꽂혀 있진 않나요? 그렇다면 이번 기회에 마음에 담고 있던 책 한 권을 꺼내 보시기를 권합니다. 물론 난도가 높은 문장이 이어지는 탓에 페이지가 쉬이 넘어가지 않을 텐데요. 그렇기에 찬찬히 따라 쓰는 필사에 더 없이 적합할지도 모릅니다. 깊은 사유, 어려운 단어 때문에 포기하고 싶은 마음이 들더라도 그 앞에서 좌절하는 대신 국어사전을 찾아가며 격렬하게 맞서 보세요. 그렇다면 여러분의 어휘력은 물론 생각의 깊이 또한 훌쩍 성장해 있을 테니까요. 만일, 어떤 책을 필사해야 할지 모르겠다면 다음에 준비된 문장을 따라 써 보시면 어떨까요? 일단은 우리가 내내 이야기해 온《시지프 신화》부터 시작해 봅시다.

081 알베르 카뮈 소설, 《시지프 신화》

나는 이 사람이 무겁지만 한결같은 걸음걸이로, 아무리 해도 끝장을 볼 수 없을 고뇌를 향해 다시 걸어 내려오는 것을 본다. 마치 호흡과도 같은 이 시간, 또한 불행처럼 어김없이 되찾아 오는 이 시간은 바로 의식의 시간이다. 그가 산꼭대기를 떠나 제신의 소굴을 향해 조금씩 더 깊숙이 내려가는 그 순간순간 시지프는 자신의 운명보다 우월하다. 그는 그의 바위보다 강하다. (중략) 시지프의 소리 없는 기쁨은 송두리째 여기에 있다. 그의 운명은 그의 것이다. 그의 바위는 그의 것이다.

_민음사, 김화영 옮김, 2016년, 182~184쪽

이 문장에서 특별히 어려운 어휘는 없습니다. 하지만 단어 하나하나를 곰곰이 궁리해 볼 필요가 있습니다. 각 단어가 상징하는 바가 있기 때문이지요. 예를 들어 '호흡과도 같은 이 시간'에서의 '호흡'은 시지프가 바위를 산꼭대기로 밀어 올리는 과정이 숨 쉬듯 끊임없이 이어질 것을 의미하겠지요. 또 시지프가 이 행위를 본능처럼 받아들이는 상황도 나타낼 테고요. 물론, 시지프의 내면을 정확히 아는 사람은 아무도 없으니 해석은 여러분의 자유입니다.

082 신영복 에세이,《감옥으로부터의 사색》

불행은 대개 행복보다 오래 계속된다는 점에서 고통스러울 뿐이다.
행복도 불행만큼 오래 계속된다면 그것 역시 고통이 아닐 수 없을
것이다.

_돌베개, 2018년(초판 발행 1988년), 25쪽

083 크리스티앙 보뱅 에세이,《작은 파티 드레스》

우리는 사랑을 하듯 책을 읽는다. 사랑에 빠지듯 책 속으로 들어간다.
희망을 품고, 조바심을 낸다.

단 하나의 몸 안에서 수면을 찾고, 단 하나의 문장 속에서 침묵에
가닿겠다는, 그런 욕구의 부추김을 받으며, 그런 욕구의 물리칠 수
없는 과오를 저지른다.

조바심을 내며, 희망을 품는다. 그러다 때로 무슨 일이 일어나기도
한다. 어둠 속에서 들리는 이 목소리처럼, 일체의 조바심을 몰아내고
일체의 희망에 딴죽을 거는 무언가다.

그것은 위로하려 하지 않고 마음을 진정시키며, 유혹하지 않고
황홀감을 준다. 자체 안에 자신의 종말과 죽음의 슬픔, 어둠을 품고
있는 무언가다.

_1984books, 이창실 옮김, 2021년, 108쪽

084 제임스 매튜 배리 소설,《피터팬》

아이들은 모두 어른이 된다. 한 사람만 빼고.

085 에밀 시오랑 에세이, 《태어났음의 불편함》

태어남이 실패라는 사실을 모든 사람들이 이해하게 될 때, 삶은
마침내 견딜 만해지고, 그것은 항복한 다음 날 투항한 자가 느끼는
홀가분함과 휴식처럼 보일 것이다.

_현암사, 김정란 옮김, 2020년, 294쪽

086 요한 볼프강 폰 괴테 소설,《파우스트》

인간은 노력하는 한, 방황하기 마련이다.

087

로버트 프로스트 시, 〈가지 않은 길〉

노란 숲속에 두 갈래 길이 있었어
나는 두 길을 다 가지 못하는 것이 아쉬워
한참을 서서 길 하나가 수풀 속으로 굽어 사라진 데까지
멀리멀리 한참 서서 바라보았지

그러고는 똑같이 아름다운 다른 길을 택했어
풀도 우거지고 인적이 드물어
아마도 더 끌렸던 거겠지
그 길을 지나면 그 길도 거의 같아질 테지만

그래도 그날 아침 두 길 모두
낙엽 밟은 자취가 없었지
아, 나는 또 다른 날을 위해 다른 한 길을 남겨두었어
하지만 길은 길로 이어지는 것
나는 되돌아올 수 없음을 알았지

먼 훗날 나는 어디에선가
이렇게 말하겠지
숲속에 두 갈래 길이 나 있었다고,

그리고 나는 사람들이 적게 간 길을 선택했다고
그로 인해 모든 것이 달라졌다고

088

아멜리 노통브 소설,《비행선》

젊음은 하나의 재능이지만, 그것을 획득하려면 시간이 걸린다.

_열린책들, 이상해 옮김, 2023년, 187쪽

089 샬럿 브론테 소설,《제인 에어》

과거는 천국처럼 달콤하지만 죽음처럼 슬픈 페이지였다. 그 내용을 한 줄만 읽어도 용기가 사라지고, 기운이 없어질 것 같았다. 미래는 여백이었다. 홍수가 지나간 뒤의 세상 같았다.

090 이양연 시, 〈야설夜雪〉

눈 덮인 들판을 걸어갈 때
함부로 어지러이 걷지 마라
오늘 내가 디딘 발자국은
언젠가 뒷사람의 길이 되리니

눈 덮인 밤의 들판을 걷는 것은 고된 일입니다. 그런데 이양연은 그 고된 길을 함부로 어지러이 걷지 말라고 당부하지요. 이 시는 자신의 발자국이 후세에게 이정표가 될 수 있음을 상기하며 신중하게 행동하라는 메시지를 전하고 있습니다. 백범 김구 선생은 1948년 남북 협력을 위해 38선을 넘을 때 이 시를 읊으며 의지와 각오를 다졌다지요. 또한 평생의 좌우명으로 삼고 애송했다고도 하네요. 여러분도 이 시를 필사하며 그동안의 발자국을 되돌아보고, 앞으로 걸어 나갈 길을 신중하게 생각하는 시간을 가져보시면 어떨까요?

091 아르투어 쇼펜하우어, 《쇼펜하우어의 말》

우리는 다른 사람이 나를 어떻게 생각하는지를 생각하느라 너무 많은 시간을 허비한다. 그러나 냉정히 생각해 보라. 타인의 평가는 우리의 행복에 아무런 영향을 미칠 수 없다. 타인의 생각에 휘둘리지 마라.

_빅피시, 김재현 옮김, 2024년, 62쪽

어떤 단어는 세상을 바꾼다
_하나의 점이 선이 되기까지

　오래전, 처음 만난 편집자와의 미팅 자리에서 있었던 일입니다. 편집자가 가방에서 두꺼운 책받침 같은 것을 꺼내더니 인터넷 검색을 하기 시작했지요. 그 모습을 신기한 눈으로 바라보던 저에게 그가 말했습니다. "아아, 이거 아이패드라는 건데요." 저는 초면의 편집자에게 실례를 무릅쓰고 물었습니다. "한번 만져봐도 돼요?" 편집자가 흔쾌히 건넨 아이패드의 화면을 터치하니 하단에 가상 키보드가 나타나더군요. 이걸로 글도 쓸 수 있느냐는 저의 물음에 당연하다는 답이 돌아왔습니다. 세상에 이런 신기한 물건이 다 있다니. 저는 아이패드를 향한 지독한 짝사랑에 빠져버리고야 말았답니다.

아이패드를 사용하는 사람이 하나둘 늘어났습니다. 영상을 시청하거나 게임을 하는 것은 물론 직업적으로 활용하는 사람도 생겨났지요. 대학생은 벽돌 같은 전공 서적을 아이패드에 담았고, 작곡가는 언제 어디서든 악기 없이 음악을 만들어 냈으며, 어떤 선생님은 페이스타임으로 온라인 수업을 하기도 했습니다. 일러스트레이터들도 붓 대신 애플펜슬을 손에 쥐기 시작했는데요. 저 역시 그 대열에 합류했답니다. 물감도 종이도 필요 없었습니다. 실수해도 얼마든지 다시 그릴 수 있었습니다. 브러시는 실제와 다를 바 없을 정도로 정교할 뿐만 아니라 제 실력보다 몇 배는 더 나아 보이는 결과물을 뚝딱 내놓을 수 있게 도와줬지요. 도구가 장인으로 만들어 준다는 사실에 놀라움을 금치 못했습니다.

스티브 잡스는 기술적인 면만 바꾸어 놓은 것은 아니었습니다. 그가 2005년 스탠퍼드 졸업식에서 한 그의 연설은 수많은 사람의 마음을 움직였거든요. 그는 대학 시절 청강했던 타이포그래피 수업이 자신의 인생에 실질적으로 도움이 될 거라 생각하지 않았답니다. 하지만 그로부터 십 년 후, 그때 배웠던 다양한 서체를 매킨토시 컴퓨터에 응용했다지요. 그 결과, 아름다운 타이포그래피를 구현한 첫 컴퓨터가 탄생했다고 합니다. 그는 이러한 경험을 '점'에 비유하며 연설을 이어 나갔습니다. 과거에는 이 점들이 어떻게 연결될지 알 수 없었지만 지나고 보니 그것들은 분명하게 이어져 있었다고 말입니다. 그러니 지금 하는 일들이 언젠가 어떤 방식으로든 연결될 것이라는 믿음을 가지라며 희망과 용기를 전해주었지요.

생각해 보니 정말 그랬습니다. 대학에 다닐 적에 잠시 배웠던 포토샵으로 여태껏 그림을 편집하고, 수첩 한 귀퉁이에 적어 두었던 낯선 단어를 소재로 한 편의 글을 쓰고, 블로그에 기록용으로 남겨 놓았던 책 속 한 구절이 이렇게 필사책으로 묶일 줄은 꿈에도 몰랐거든요. 요즘에도 별무소용으로 느껴지는 일들이 있습니다. 산더미처럼 쌓인 일을 제쳐두고 온종일 만화책을 읽는 일이라든지, 함께하자는 친구의 제안을 거절하지 못해 핸드 스탠드 요가 워크숍에 참여하는 일과 같은 것들 말입니다. 하지만 이러한 경험이 인생의 점으로 남는다고 생각하면 모든 순간이 뜻깊게 느껴지기만 합니다.

혹시 여러분에게도 그런 일이 있나요. 의미 없게 느껴지는 직장 생활, 억지로 참석하는 가족 행사, 남들이 좋다고 하기에 그저 따라 해 보는 달리기나 명상과 같은 것들…. 모든 것이 시간 낭비처럼 느껴질 때마다 '점'이라는 단어를 떠올리며 그 속에서 희망을 발견해 보시면 어떨까 싶습니다. 지금 하고 있는 필사 역시 그렇습니다. 필사를 하며 즐거웠던 시간도, 다소 지루했던 시간도 있었을 테지요. 책 한 권을 모두 옮겨 쓰기는 했지만 어휘력이 향상된 것인지 긴가민가할 수도 있을 테고요. 그러나 여러분이 찍었던 무수한 마침표 중 인생의 전환점이 되어 줄 점이 분명히 있었을 것이라 저는 믿어 의심치 않습니다. 여러분 인생의 일부를 함께할 수 있어 영광이었습니다. 저 역시 마지막 점을 찍으며 이 책을 마무리하겠습니다.

092 스티브 잡스 연설문, 〈2005년 스탠퍼드 대학교 졸업사〉

리드 대학은 그 당시 미국에서 가장 훌륭한 서체 교육을
제공했습니다. 캠퍼스의 모든 포스터, 모든 서랍의 라벨이 손으로
정성스럽게 디자인된 서체로 되어 있었습니다. 저는 대학을 그만둔
후, 필수 과목을 듣지 않아도 되었기 때문에 이 수업을 들을 수
있었습니다. (중략) 그때는 그 어떤 것도 제 실제 생활에 적용될 수
있을 것이라고 생각하지 않았습니다. 하지만 10년 후, 우리가 첫 번째
매킨토시 컴퓨터를 디자인할 때, 그 모든 것이 저에게 돌아왔습니다.
우리는 매킨토시에 아름다운 서체를 탑재했습니다. 그것은 컴퓨터
역사상 최초였습니다. (중략) 물론, 대학에 다니는 동안에는 앞으로의
인생에서 점들이 어떻게 연결될지 알 수 없었습니다. 그러나 10년
후에 돌아보니 그 점들이 아주 분명하게 연결되어 있었습니다.
다시 말하자면, 여러분은 미래를 미리 내다보고 점들을 연결할 수
없습니다. 오직 과거를 되돌아볼 때만 그 점들이 연결됩니다. 따라서
여러분은 지금 하는 일들이 언젠가 미래에 어떤 방식으로든 연결될
것이라는 믿음을 가져야 합니다.

연설문을 함께 준비한 작가 아론 소킨은 오타만 수정했을 뿐 내용
에는 관여하지 않았다지요. 만일 소킨이 연설문을 작성했다면 '점'
이라는 비유를 볼 수 없었을지도 모르겠습니다.

093 얀 마텔 소설,《파이 이야기》

어떤 이들은 한숨지으며 생명을 포기한다. 또 어떤 이들은 약간
싸우다가 희망을 놓아버린다. 그래도 어떤 이들은—나도 거기
속한다—포기하지 않는다. 우리는 싸우고 싸우고 또 싸운다. 어떤
대가를 치르든 싸우고, 빼앗기며, 성공의 불확실성도 받아들인다.
우리는 끝까지 싸운다. 그것은 용기의 문제가 아니다. 놓아버리지
않는 것은 타고난 것이다. 그것은 생에 대한 허기로 뭉쳐진 아둔함에
불과할지도 모른다.

_작가정신, 공경희 옮김, 2004년, 228쪽

094 헤르만 헤세 소설,《싯다르타》

이 세상을 통찰하는 일, 이 세상을 설명하는 일, 이 세상을 경멸하는 일은 위대한 사상가들의 일이겠지. 그러나 나에게는 이 세상을 사랑하는 일, 이 세상을 경멸하지 않는 일, 세상과 나를 미워하지 않는 일, 세상과 나와 모든 존재를 사랑과 경탄과 경외의 마음으로 바라볼 수 있는 일이 중요할 뿐이야.

유발 하라리,《사피엔스》

스푸트니크 위성과 아폴로 11호 우주선이 세계의 상상력에 불을
지폈을 당시, 사람들은 앞다투어 20세기 말이 되면 우리가 화성과
명왕성에 건설한 우주식민지에 살게 될 것이라고 예상했었다. 이런
예측 중에서 실현된 것은 거의 없다. 그러나 한편 인터넷의 존재를
예상한 사람은 아무도 없었다.

_김영사, 조현욱 옮김, 2015년, 584쪽

096 레프 톨스토이 소설,《전쟁과 평화》

하지만 모든 일에는 때가 있다. 기다릴 줄 아는 사람에게 모든 것은 제때에 온다.

097 고타마 싯다르타,《법구경》

나쁜 생각을 마음에 품은 채 말하고 행동하면 재앙과 고통이 쫓아온다. 마치 수레가 삐걱거리며 바퀴 자국을 쫓아가듯이. 좋은 생각을 마음에 품은 채 말하고 행동하면 복과 즐거움이 쫓아온다. 마치 그림자가 물체를 쫓아가듯이.

098 알프레드 아들러, 《개인심리학 강의》

모든 인간은 열등감을 가지고 있다. 이 사실을 부끄러워할 필요는 없다. 오히려 인간은 자신의 열등감을 극복하려는 노력을 통해 성장하고 발전한다. 열등감은 우리를 앞으로 나아가게 하는 원동력이고, 중요한 것은 이를 건설적이고 유익한 방향으로 승화하는 것이다.

열등감은 부정적인 단어로 인식됩니다. 그러나 작가는 열등감이 원동력의 또 다른 이름임을 강조합니다. 이처럼 부정적인 단어를 긍정적인 단어와 연결해 보면 우리의 삶은 더 나아질 수 있습니다. 예를 들어 실수는 배움의 출발점이 되고, 의심은 깨달음의 시작이며, 불안은 용기의 밑거름이라 할 수 있겠지요. 여러분도 지금 느끼는 부정적인 감정을 긍정적인 그 무엇과 연결해 성장의 기회로 삼아보세요.

099 프랑수아즈 사강 소설,《브람스를 좋아하세요》

나는 당신이 인간으로서의 의무를 다하지 않았기 때문에
고소합니다. 당신은 사랑을 놓쳐 버렸고, 행복해야 할 의무를
소홀히 했으며, 그저 체념에 빠져 하루하루를 살아갔기 때문에
이에 대해 고소합니다. 당신은 사형을 선고받아야 하지만, 고독형을
선고합니다.

100

빅터 프랭클 에세이,
《빅터 프랭클의 죽음의 수용소에서》

인간은 아우슈비츠 가스실을 만든 존재이자 또한 의연하게 가스실로
들어가면서 입으로 주기도문이나 〈셰마 이스라엘〉을 외울 수 있는
존재이기도 할 것이다.

_청아출판사, 이시형 옮김, 2020년, 195쪽

미묘한 뉘앙스를
구체적으로 표현하는
감정 어휘 330

부록

행복할 때

행복한 정도 ↑

구름 위를 걷는 기분
이다
죽어도 여한이 없다
날아갈 듯하다

벅차다
황홀하다
가슴 뭉클하다

감개무량하다
더할 나위 없다
감사할 뿐이다

흥분된다
어깨춤이 절로 난다
신난다

흥겹다
신명 나다

희열하다

좋다
기쁘다
즐겁다

흐뭇하다
만족스럽다
행복하다

복되다
흡족하다

들뜨다
두근거린다

설레다
달뜨다

고양되다

관계의 거리감 →

구입하려던 음료가 1+1 행사를 하는 모습을 본 친구가 상기된 얼굴로 말했습니다. "행운의 여신이 나를 따라다니고 있나 봐!" 그 이후로, 1+1 팻말을 볼 때마다 친구의 목소리가 귓가에 맴돕니다. 그 작은 행복을 지나쳤더라면 금세 잊혔을 테지만 친구의 귀여운 표현 덕에 기억에 남게 된 것이지요. 행복한 순간을 언어로 표현하여 기억 속에 간직하기 위한 어휘를 한번 익혀볼까요?

가슴이 뛰고 붕 뜬 기분이 든다면 그것이 바로 행복의 시작입니다. 이럴 때는 몸에서 느껴지는 그대로 '들뜬다·가슴이 두근거린다'라고 말해보세요. 이러한 상태가 지속되면 비로소 행복하다는 표현을 쓸 수 있을 텐데요. 가까운 사이에서는 낯간지러운 느낌이 들어서인지는 몰라도 '좋다·기쁘다·즐겁다' 정도의 말로 행복한 기색을 내비치는 것이 보통입니다. 오히려 의례적인 대화를 나누는 사이에서 '행복하다·흐뭇하다·만족스럽다'와 같은 말을 주고받곤 하지요.

행복한 감정이 더욱 커지면 그것을 마음속에 품고 있기 어렵습니다. 몸이 먼저 반응하여 가만히 앉아 있는 것조차 어렵게 느껴지지요. 이런 순간에는 '신난다·흥분된다·어깨춤이 절로 난다'와 같은 표현으로 행복한 마음을 표출해 보세요. 이러한 감정이 고조되면 '날아갈 듯하다·구름 위를 걷는 기분이다·황홀하다'처럼 감성적인 표현을 사용해도 좋습니다.

다만, 공적인 자리에서는 감정을 너무 드러내지 않는 것이 좋겠지요. 자칫 잘못했다가는 감정적인 사람으로 비칠 수 있을 테니까요. 마음속의 들뜬 감정을 차분히 다스리며 '감개무량하다·더할 나위 없다·그저 감사할 뿐이다'라고 담담하게 말하는 편이 어울리겠습니다.

행복할 때 쓸 수 있는 표현을 열심히 궁리해 보았으나 다른 감정에 비해 그 수가 적은 듯한 느낌이 듭니다. 알고 보니 감정을 표현하는 우리 말 중 '불쾌'를 나타내는 단어가 70퍼센트인데 비해 '쾌'를 나타내는 단어는 30퍼센트에 불과하다고 하네요. 아무래도 우리는 잊고 사는 듯합니다. 행운의 여신이 늘 우리 곁에 있다는 사실을 말입니다.

속상한 정도

미치겠다
건드리지 마라
혼자 있고 싶다

괴롭다
애끓다
고통스럽다

원통하다
참담하다
암담하다
비참하다

열받는다
성질난다
짜증 난다
신경질 난다

분하다
부아가 치민다
참기 힘들다

노엽다
언짢다
편치 않다

속상하다
우울하다
울적하다
눈물 난다

씁쓸하다
실망스럽다
마음 상하다
입맛이 쓰다

상심하다
낙담하다
낙심하다
실의에 빠지다

됐어
몰라

괜찮다
어쩔 수 없다
별수 없다

개의치 않는다
괘념치 않는다

관계의 거리감

저는 고민이 생기면 사람보다 종이를 찾습니다. 머릿속에 둥둥 떠다니는 생각을 종이 위에 적어 내려가다 보면 마음이 정리되기도 하고, 시간이 흐른 뒤에 다시 읽어 보면 별것 아닌 일처럼 느껴지기도 하거든요. 이때, 어휘를 다양하게 활용한다면 자신의 마음을 더욱 잘 들여다볼 수 있겠지요?

일기장에 마음속 불덩이를 꺼내놓을 적에는 '미치겠네 · 열받아 · 짜증 나'처럼 다소 거친 말을 남발하셔도 괜찮습니다. 그렇게 응어리를 풀다 보면 화가 어느 정도 누그러질 텐데요. 그때, 자신의 감정을 있는 그대로 받아들이며 '속상하다 · 울적해 · 눈물이 나네'와 같은 표현으로 마음을 어루만져 주세요.

반면, 공개적인 플랫폼에서 이와 같은 표현을 사용한다면 다소 감정적으로 비칠 수도 있겠지요? 이보다는 '씁쓸하다 · 마음이 상했다 · 입맛이 쓰다' 정도의 정제된 말이 더욱 어울릴 테지요. 혹시 화가 머리끝까지 치밀어 올랐더라도 '못내 괴롭다 · 분한 마음이 든다 · 부아가 치민다'처럼 살짝 둥글게 표현하시기를 권합니다. 여기서 잠깐, 소소한 상식! '부아'는 폐를 뜻하는 순우리말입니다. 화가 나서 숨을 몰아쉴 때 가슴이 들썩거리는 모습에서 '부아가 치민다'는 표현이 생겨났다고 하네요.

사회적 지위가 높아질수록 감정 표현에 신중을 기해야 할 텐데요. 만일 괴로움을 드러내야 하는 상황이라면 '원통하다 · 암담하다 · 비참하다' 정도의 무게를 지닌 어휘가 적절하지 않을까 싶습니다. 감정을 절제하여 '편치 않다 · 언짢다 · 낙심하다'라고 말해도 나쁘지 않겠지요. 여기에서 한 발짝 더 나아가 '마음에 두고 걱정하거나 신경 쓰지 않는다'는 뜻을 지닌 '개의치 않는다 · 괘념치 않는다'와 같은 표현을 활용한다면 의연한 모습을 보일 수 있을 것입니다.

물론, 여러분의 이야기를 가만히 들어주는 대나무숲 같은 사람이 있다면 속상한 마음을 허심탄회하게 털어놓는 것만으로도 큰 위안이 되겠지요. 하지만 그러한 사람이 곁에 없더라도 괜찮습니다. 자신의 마음을 다독이는 어휘를 익히고 사용하는 것만으로도 충분히 위로받을 수 있을 테니까요.

불안할 때

불안한 정도

괴롭다
무섭다
겁나다
도망치고 싶다

두렵다
벼랑에 선 듯하다
살얼음판을 걷는 듯
하다
외줄 타는 기분이다

잠을 이룰 수 없다
뜬눈으로 밤을 지새
우다

절절매다
쩔쩔매다
안절부절못하다

좌불안석하다
전전긍긍하다

고뇌의 한가운데에
있다
고초를 겪고 있다
고난을 헤쳐나가는
중이다

속이 타다
애간장이 타다
불안하다
입이 바짝바짝 마른다
심장이 벌렁거린다

초조하다
불편하다
걱정스럽다
긴장되다
가슴이 두근거린다

우려되다
근심되다

조마조마하다
뒤숭숭하다
속이 시끄럽다

조바심이 난다
마음이 편치 않다
일이 손에 잡히지 않
는다

심란하다

가까운 정도

불안은 우리의 일상 곳곳에 스며 있습니다. 면접 결과를 기다리거나 중요한 회의를 앞두고 있을 때는 물론, 늦잠을 자 회사에 지각하지는 않을까 하는 생각에 밤잠을 설치기도 하지요. 저 역시 마감을 코앞에 둔 지라 불안에 사로잡혀 있는 상태인데요. 마음 깊은 곳에서 우러난 생생한 표현을 여러분께 전달할 생각을 하니 한편으론 기쁜 마음이 들기도 합니다.

불안한 감정을 느낄 때는 신체적 증상이 동반됩니다. '애간장이 탄다·입이 바짝바짝 마른다·심장이 벌렁거린다'와 같은 표현이 이를 잘 보여주지요. 이러한 감정이 더욱 깊어지면 불안함이 바깥으로 드러나게 되는데요. 그 모습은 '절절매다·쩔쩔매다·안절부절못하다'와 같은 말들로 묘사할 수 있습니다. 앞선 표현들이 격하게 느껴진다면 '초조하다·좌불안석이다·전전긍긍하다'처럼 점잖게 느껴지는 어휘를 활용해 보시면 어떨까요?

불안이 극에 달하면 공포에 가까운 감정이 찾아오기도 합니다. 가까운 사이에서는 '무서워·겁나·도망치고 싶어'처럼 원초적인 표현을 사용하는 것이 보통입니다. 만일, 불안한 속마음을 고스란히 드러내고 싶지 않다면 '벼랑에 선 듯하다·살얼음판을 걷는 듯하다·외줄 타는 기분이다'와 같은 비유적인 문장을 이용하여 에둘러 표현해 보세요.

대통령이나 정치인, 기업의 대표처럼 공적인 자리에 계신 분들은 이러한 표현을 더욱 신중하게 사용할 수밖에 없겠지요. 본인의 불안이 주변을 동요시킬 수 있을 테니까요. 그분들께서 '잠을 이룰 수 없습니다·뜬눈으로 밤을 지새웠습니다' 하고 완곡하게 말씀하신다면 마음속에 커다란 불안이 자리하고 있다는 사실을 미루어 짐작해 볼 수 있을 것입니다.

불안한 마음을 원동력 삼아 글을 쓰다 보니 마무리 단계에 이르게 되었습니다. 이처럼 불안은 우리를 괴롭히기도 하지만 어떤 일을 추진하는 데 힘이 되어주기도 합니다. 그러니 불안을 무조건 부정적인 감정으로만 치부할 게 아니라, 그 에너지를 좋은 방향으로 바꾸기 위해 노력을 기울여 보는 것은 어떨까요? 불안이 변화의 시작점이 될 수 있도록 말이에요.

거절할 때

거절의 강도 ↑

안 된다 못 한다 싫다 귀찮다	달갑잖다 불편하다 부담스럽다	애석하다 아쉽다 안타깝다 유감스럽다
미안하다	죄송하다	송구하다
힘들다 어렵다	여의찮다 벅차다 버겁다	난감하다 난처하다 곤란하다 곤혹스럽다
다음에	생각해 보겠다 연락드리겠다	고려해 보겠다 숙고해 보겠다

관계의 거리감 →

일을 하다 보면 여러 제안이 들어옵니다. 필연적으로, 그 제안을 거절해야 하는 경우도 생기지요. 거절에 익숙지 않은 저는 이러한 상황이 난감하기만 합니다. 거절을 앞두고 위축되는 사람이 비단 저뿐만은 아니겠지요. 하지만 우리는 알아야 합니다. 거절하는 순간의 불편함을 견뎌내면 긴긴 평안이 뒤따른다는 사실을 말입니다. 이번 기회를 빌려 거절할 때 사용할 만한 어휘를 함께 살펴볼까요?

친구나 부부처럼 가까운 사이라면 '안 돼·못 하겠어·싫은데' 하는 직접적인 말로 거절을 표해도 별다른 문제가 없을 텐데요. '가는 말이 고와야 오는 말이 곱다'라는 속담만 보아도 알 수 있듯, 이왕이면 '미안해·힘들겠는데·어렵겠어' 하는 식으로 부드럽게 거절하는 편이 관계를 원만하게 유지하는 데 도움이 될 것입니다.

약간 거리가 있는 사람에게는 공손함도 더해 주는 것이 좋겠습니다. 가장 흔히 쓰이는 표현은 '죄송하다'는 말일 텐데요. '죄스러울 정도로 미안하다'는 뜻을 지니고 있다는 사실을 안다면 상대방도 거듭 부탁하기는 어려울 것입니다. 그런데도 계속 부탁해 온다면 '조금 불편하네요·자꾸 이러시면 너무 부담스러워요'와 같은 말로 선을 그으며 입장을 분명히 밝혀 보세요.

공적인 자리에서는 조금 더 품위 있게 거절할 필요가 있겠지요. '애석하게도·유감스럽게도·안타깝게도'와 같은 말에는 거절에 대한 미안함과 안타까움이 동시에 내포되어 있으므로 듣는 이에게 정중한 인상을 남길 수 있습니다. 앞서 살펴본 표현들이 모두 부담스럽게 느껴진다면 '생각해 볼게요'라고 에둘러 말해보세요. 이것이 완곡한 거절의 표현이라는 사실은 누구나 알고 있을 테니까요.

거절의 어휘를 익혔다 하더라도 직접 사용하는 일은 쉽지 않을 것입니다. 하지만 상대방의 요청을 거절하지 못해 억지로 수락하는 것보다는, 다음을 기약하는 편이 관계를 건강하게 만드는 데 더욱 도움이 되겠지요? 그러니 지금의 거절을 나쁘게만 생각하지 마세요. 거절은 상대와의 인연을 오래도록 이어가기 위한 또 하나의 배려이기도 하니까요.

사과할 때

미안한 정도 ↑

때려라
화 풀릴 때까지 빌
겠다

질책해 달라
자숙하겠다
해결책을 마련하겠다

석고대죄하겠다
책임을 통감한다
보상 방안을 강구하
겠다

반성하고 있다
죽을죄를 지었다
생각이 짧았다

뉘우치고 있다
나의 불찰이다
경솔했다

자성하고 있다
부덕의 소치다
과오를 저질렀다

미안하다
잘못했다
이해해 달라

죄송하다
사과드린다
양해 부탁드린다

혜량을 베풀어 달라
송구하다
사죄드린다

먹고 싶은 거 있냐
왜 그래
화 풀어

실수했다
실례했다

결례를 범했다
폐를 끼쳤다

관계의 거리감 →

회피적 성향이 강한 저는 상대방과 갈등이 생기면 대화로 해결하려 하기보다는 거리를 두는 편입니다. 그리하여 큰소리를 내며 싸웠던 적도, 진심을 담아 사과했던 적도 거의 없다시피 하지요. 하지만 진정한 어른이 되려면 갈등을 마주하고 사과하는 용기가 필요함을 느끼는 요즘입니다. 사과는 자신의 행동에 책임을 지는 일이고, 책임을 질 줄 아는 사람이야말로 진정한 어른이라고 할 수 있으니까요.

가까운 사이에서 큰 문제가 아니라면 '화 풀어·미안해·잘못했어' 정도의 가벼운 말 한마디로 충분합니다. 이때, 심각한 표정을 짓기보다는 머쓱하게 웃으며 다가가는 편이 더욱 자연스럽겠지요? 하지만 상황이 조금 더 중대하다면 사과에 무게를 실어야 합니다. '반성하고 있어·죽을죄를 지었어·내가 생각이 짧았어' 하는 말로 자신의 잘못을 인정한다면 상대방의 마음도 누그러들 것입니다.

거리가 있는 사이라고 해서 용서를 구하는 방식이 크게 달라지지는 않습니다. 먼저 공손하게 고개를 숙이며 '실례했습니다·죄송합니다·사과드립니다'와 같은 말로 미안함을 표해 보세요. 이러한 마음을 조금 더 깊게 전달하고 싶다면 '심심한 사과를 드린다'고 말씀하셔도 좋습니다. 여기에서 '심심하다'는 심할 심甚, 깊을 심深 자를 쓰는 한자어로 '매우 깊고 간절하다'는 뜻을 지니고 있으므로 안심하고 사용하셔도 좋습니다.

그런데도 상대의 표정이 풀어지지 않는다면 허리를 숙여 진심을 전달해 보세요. 이때 어울리는 표현으로는 '저의 불찰입니다·제가 경솔했습니다' 등이 있습니다. 보시다시피 미안함의 정도가 크면 클수록 몸을 숙이는 각도가 깊어지는데요. 그리하여 용서받지 못할 정도로 큰 잘못을 저지른 공인은 바닥에 엎드릴 기세로 '석고대죄'를 하기도 한답니다.

사실, 우리 모두 이러한 표현을 모르고 있지는 않을 것입니다. 다만 자존심이 앞서 입을 떼기가 어려울 뿐이지요. 그렇다면 우리 모두 눈 딱 감고 미안하다는 말부터 건네보는 건 어떨까요? 그 작은 말 하나가 우리의 태도를 바꾸는 불씨가 될지도 모르니까 말이에요.

지쳤을 때

지친 정도

의욕이 없다
밥맛이 없다
아무것도 하고 싶지
않다
왜 사는지 모르겠다

공허하다
침울하다
무기력하다
자포자기하다

재충전의 시간을
갖겠다

지긋지긋하다
진저리 나다
징글징글하다
꼴 보기 싫다
싫증 나다

괴롭다
벅차다
버티기 힘들다
눈앞이 캄캄하다
막막하다

감당하기 어렵다
마음의 여유가 없다

지친다
힘들다
녹초가 되다
기력 없다

힘겹다
기진맥진하다
탈진하다

힘에 부치다
힘이 달리다

피곤하다
귀찮다
눕고 싶다
고되다

피로하다
성가시다
몸이 무겁다
고단하다

권태롭다

관계의 거리감

일에 치여 지내던 시절, 아침이 오지 않았으면 좋겠다고 생각하곤 했습니다. 이제 와 돌이켜 보니 지독한 번아웃에 시달렸던 듯싶습니다. 많은 사람이 본인이 번아웃에 빠져 있다는 사실조차 모른 채 하루하루를 견디며 살아가고 있다고 하는데요. 여러분은 괜찮으신가요? 여러분의 건강을 위해, 지쳤을 때 사용할 수 있는 어휘를 살펴보며 스트레스 상태도 함께 점검해 보는 시간을 가져볼까 합니다.

우리는 '피곤해 · 귀찮아 · 힘들어'와 같은 말을 습관처럼 내뱉곤 합니다. 이때, 충분한 휴식을 취하지 않는다면 '지긋지긋해 · 진저리 난다 · 꼴도 보기 싫어'와 같은 신세 한탄이 절로 흘러나오지요. 여기에서 그치지 않고 극도로 지친 상황에 이르면 '의욕이 없네 · 밥맛이 없어 · 아무것도 하고 싶지 않아'처럼 우울함이 잔뜩 묻은 표현을 되뇌게 되는데요. 누군가 이런 말을 한다면 따뜻한 위로를 건네는 것이 좋겠지요?

다소 거리가 있는 사이라면 지친 마음을 나눌 일이 사실상 많지 않은데요. 혹시나 이러한 주제가 화두에 오른다면 '공허하네요 · 침울해요 · 좀 무기력하네요' 정도의 표현이 무난하지 않을까 싶습니다. 하지만 이마저도 과한 느낌이 있으므로 '약간 벅차네요 · 막막해요 · 눈앞이 캄캄해요' 정도로 강도를 살짝 낮추어 표현하시기를 권합니다.

몹시 지쳤으나 부정적인 단어를 입에 담고 싶지 않다면 '마음의 여유가 없다'고 말씀해 보세요. 이 문장의 성격을 사자성어로 표현해 보자면 '외유내강'이라고 할 수 있을 텐데요. 얼핏 듣기에는 정중하면서도 온순한 표현 같지만, 그 속에는 '지금은 힘드니까 제발 성가시게 하지 말아 달라'는 경고가 담겨 있으므로 그 누구도 쉽게 다가오지 못할 것입니다.

이번 글에서 살펴본 표현 중 여러분의 마음을 대변하는 어휘가 있었나요? 그 표현이 감정 그래프에서 어느 위치에 놓여 있는지 확인해 본다면 본인에게 얼마큼의 휴식이 필요한지 감을 잡을 수 있으리라 여겨집니다. 누구보다도 열심히 살아온 당신, 잠시 멈추고 편히 쉬어도 좋습니다. 휴식은 도태가 아닌 더 나은 내일을 위한 준비니까요.

안타까울 때

안타까운 정도

목이 멘다
눈물겹다
차마 보기 힘들다

도움이 필요하면
연락 달라

비통하다
참담하다
애통하다

마음 아프다
가슴 아리다
가슴 저미다

자꾸 마음이 쓰인다

안타까운 심정을
금할 길이 없다

가엾다
짠하다
안되다
딱하다
안쓰럽다
측은하다

걱정스럽다
염려스럽다

유감스럽다

어떡해

괜찮으세요?

위로를 전한다

가까운 정도

여러 가지 사정으로 말미암아, 원고는 다 써놓았지만 출간이 무산되었던 적이 있습니다. 고생만 하고 성과를 보지 못한 제가 안타까웠는지 주변에서 격려의 말이 쏟아지기 시작했지요. 그러나 그들이 표한 지나친 안타까움은 제 마음을 오히려 무겁게 만들었습니다. 그때 깨달았습니다. 상대방이 아무리 안타깝게 느껴지더라도 그 마음을 적당히 표현해야 한다는 사실을 말입니다.

가까운 사람이 힘든 일을 겪을 때는 '가여워라 · 짠해 · 안됐어' 하는 말로 조심스레 공감을 표현해 보세요. 그 마음을 조금 더 깊이 전달하고 싶다면 '마음이 아파 · 자꾸 목이 메 · 차마 보기가 힘들어' 정도의 표현을 사용할 수 있을 텐데요. 이러한 표현은 혈육 관계라든지 금실 좋은 부부처럼 정이 깊은 사이에서만 사용하는 것이 좋겠습니다. 까딱하면 상대방에게 반감을 살 수도 있으니까요.

거리가 있는 사이라면 안타까움을 직접적으로 나타내는 데 무리가 있습니다. 대신, '괜찮으세요?' 하는 말로 가볍게 안부를 묻거나 '걱정스러워요 · 염려스러워서요 · 자꾸만 마음이 쓰여요' 정도의 따스한 말을 건네는 것이 적당하지 않을까 싶습니다. 같은 이유에서, 너무나 안타까운 마음이 들더라도 섣불리 다가가기보다는 '도움이 필요하면 연락 주세요'라는 말로 힘을 보태는 것이 낫겠지요?

반면, 공적인 자리에서는 다수에게 입장을 표명해야 하니 애매한 표현은 되도록 지양하는 것이 좋습니다. 안타까운 감정을 담되 무게감을 유지할 필요가 있겠지요. 이따금 뉴스에서 들려오는 '비통하다 · 참담하다 · 애통하다' 따위의 다소 격한 말들이 어색하게 느껴지지 않는 이유는 바로 이 때문이 아닐까 싶습니다.

안타까움은 다른 감정에 비해 표현하기 까다로운 것이 사실입니다. 지나치면 과해 보이고, 그렇다고 모자라면 무심해 보일 수 있으니까요. 그 적정선을 지키기 위해서는 상대와의 관계를 고려하고 상황을 파악하여 적절한 어휘를 선택하는 연습이 필요할 텐데요. 약간은 서툴러도 괜찮습니다. 중요한 것은 완벽한 표현이 아닌, 상대를 향한 진실된 마음일 테니까요.

외로울 때

외로운 정도 ↑

처량하다
서글프다
구슬프다

처연하다
애달프다

황폐하다
고립무원하다

외롭다
쓸쓸하다
초라하다

고독하다
막막하다

고적하다
형영상조하다

헛헛하다
가슴이 휑하다

허전하다
적적하다
텅 빈 듯하다

허무하다
공허하다

따분하다
재미없다
심심하다

무료하다
지루하다

권태롭다
착잡하다

가까운 정도 →

헨리 데이비드 소로는 "고독만큼 같이 지내기에 좋은 벗을 아직 찾아내지 못했다"라고 말했습니다. 그의 말은, 외로움을 떨쳐내야만 하는 부정적인 감정으로 여기는 우리에게 경종을 울립니다. 외로움의 긍정적인 측면을 발견하기 위해서는 자신의 마음을 가만히 들여다볼 줄 알아야 할 텐데요. 다양한 각도에서 외로움을 바라보기 위해서는 그만큼 풍부한 어휘를 알고 있어야겠지요?

'따분해·재미없어·심심해'는 외로움의 씨앗과도 같은 표현입니다. 이러한 감정이 적절히 해소되지 않으면 '헛헛하다·가슴이 휑하다' 하는 말로 이어지고, 더 나아가 '외로워·쓸쓸해·초라한 기분이 들어'라는 표현을 거쳐, '처량하다·서글프다·구슬프다'는 한탄에까지 이르게 되지요. 앞선 세 단어는 슬프다는 뜻뿐만이 아니라 쓸쓸하다는 의미까지 내포되어 있기에 외로움으로 인한 슬픔을 나타내기에 적합합니다.

거리가 있는 타인에게 이와 같은 감정을 전달하고자 한다면 '허전하다·적적하다'고만 말해도 충분하지 않을까 싶습니다. 만일, 이 단어에 나의 외로움이 미처 담기지 않는다면 '고독하다'는 표현을 쓸 수도 있을 텐데요. 고독하다는 말을 입 밖으로 꺼내기 위해서는 용기가 필요할지도 모르겠습니다. 외로울 고孤, 홀로 독獨. 세상에 홀로 떨어져 있는 듯 외롭고 쓸쓸하다는 말의 무게를 은연중에 느끼고 있기 때문일 테지요.

조금 더 격식 있고 품위 있는 말로 외로움을 표현하고 싶다면 사자성어를 사용해 볼 수도 있겠습니다. 자기의 몸과 그림자가 서로를 불쌍히 여긴다는 뜻의 '형영상조'와, 고립되어 구원받을 데가 없다는 뜻의 '고립무원'을 잘 기억해 두세요. 이 말들은 일상에서 자주 사용되진 않지만 그 의미를 알고 있다면 외로움을 표현하는 또 다른 길이 열릴 것입니다.

외로움을 마주하는 일은 분명 고통스럽습니다. 하지만 이를 애써 외면하기보다는 나에게 쓴소리를 아끼지 않는 진정한 벗으로 받아들여 보세요. 외로움과 주거니 받거니 대화를 나누다 보면, 그 모든 이야기가 성장의 자양분이 되어 자기 자신을 더욱 깊이 이해하게 될 테니까요.

민망할 때

민망한 정도

망신스럽다
쥐구멍에 숨고 싶다
수치스럽다

굴욕적이다
모멸감이 느껴진다
치욕스럽다

욕되다
불명예스럽다

창피하다
남사스럽다
쪽팔리다
낯 뜨겁다

낯부끄럽다
남부끄럽다
얼굴이 화끈거린다
고개를 들 수 없다

난처하다
곤란하다
난감하다
곤욕스럽다

부끄럽다
쑥스럽다
뻘쭘하다
머쓱하다

수줍다
멋쩍다
민망하다
무안하다

열없다
계면쩍다
겸연쩍다

기죽다
풀 죽다
졸아들다
쭈뼛거리다

주눅 들다
움츠러들다
위축되다

거북하다

가까운 정도

필라테스 수업을 받던 중 레깅스를 뒤집어 입은 사실을 발견했습니다. 어쩐지 선생님의 얼굴이 유난히 환하더라니. 민망함이 몰려와 쥐구멍에 숨고 싶었지요. 이처럼 민망함을 느낀 당사자는 부정적인 감정에 휩싸이지만 상대방은 긍정적인 웃음을 터뜨립니다. 삭막한 세상에 웃음을 퍼뜨릴 수 있다니. 이보다 더 뿌듯한 감정이 또 있을까 싶습니다. 민망한 경험을 만담꾼처럼 늘어놓으려면 풍부한 어휘는 필수겠지요?

가까운 사이에서 가장 흔하게 쓰는 말은 단연 '쪽팔리다'일 텐데요. 민망한 정도와 상관없이 만능으로 쓰이는 이 단어는 우리의 어휘를 밋밋하게 만드는 주범입니다. 이를 '창피하다·낯 뜨겁다·남사스럽다'로 바꾸어 말한다면 더욱 다양한 어휘를 구사할 수 있겠지요? 앞선 단어에 민망함이 담기지 않는다면 '망신스럽다·수치스럽다·쥐구멍에 숨고 싶다'처럼 강도 높은 표현을 사용해 보세요.

거리가 있는 사이라면 속된 표현은 지양하는 것이 좋겠지요. 쪽팔린다는 말은 우선 배제하고 '무안하다·멋쩍다·고개를 들 수 없다·얼굴이 화끈거린다'라는 표현을 기본으로 삼아 보세요. 몹시 민망한 상황이라면 '굴욕적이다·치욕스럽다'와 같은 단어도 쓸 수 있겠지만, 어감이 다소 강한 관계로 꼭 필요한 경우에만 사용하시기를 권합니다.

공적인 자리에서는 민망함을 직접적으로 드러내기보다는 '난처하다·곤란하다·곤욕스럽다'처럼 한발 물러선 단어를 활용하는 것이 낫겠습니다. 물론 민망하다 못해 불쾌한 지경에 이르렀다면 '욕되다·불명예스럽다'와 같은 말로 본인의 감정을 강력하게 피력할 수도 있겠지만, 이 단어가 불러올 파장을 염두에 두셔야 하겠지요?

민망할 때 쓸 수 있는 표현이 이렇게나 다양하다는 사실이 새삼 놀랍습니다. 여태껏 쪽팔린다는 단어 하나에 의존해 민망한 감정을 표현해 왔던 것은 아닌지, 자신의 언어 습관을 되돌아보는 기회로 삼았으면 합니다. 이것은 저 자신에게 하는 이야기이기도 합니다. 우리 모두 쪽팔린, 아니 부끄러운 과거에 이별을 고하도록 합시다.

감탄할 때

끝내준다
죽여준다
자지러지다

눈부시다
감탄스럽다
독보적이다

경탄하다
탄복하다
전율이 느껴진다

기막히다
어마어마하다
엄청나다
대박이다
입이 쩍 벌어진다

놀랍다
눈을 떼기 어렵다
푹 빠졌다
헤어날 수 없다

경이롭다
괄목하다
감명 깊다

멋지다
짜릿하다

굉장하다
훌륭하다

대단하다
근사하다

괜찮다
나쁘지 않다

보기 좋다
흡족하다

기대 이상이다
나무랄 데가 없다

감탄한 정도

가까운 정도

요즘 들어 저의 언어 습관과 상대방을 대하는 태도를 되돌아보게 됩니다. 제 나이에 책임을 져야 한다는 생각 때문이지요. 그리하여 주변 어른들을 롤모델 삼아 어른다움을 배워 나가는 중인데요. 그중에서도 특히 존경스러운 어른은 상대를 칭찬하는 데 인색하지 않은 분입니다. 그분처럼 진심 어린 감탄을 전하기 위해서는 다양한 어휘를 익혀두어야겠지요?

가까운 사이에서 가장 흔히 쓰이는 말은 '대박이다'가 아닐까 싶습니다. 나쁜 표현이 아니므로 자유롭게 사용해도 좋지만 '괜찮다·멋지다'와 같은 말을 곁들인다면 조금 더 다채로운 느낌을 줄 수 있을 것입니다. 감탄의 강도를 높이고 싶다면 '기가 막힌다·입이 쩍 벌어진다·어마어마해'와 같은 표현을 사용해 보세요. 물론 '끝내준다·죽여준다'와 같은 말을 쓸 수도 있지만 다소 격한 느낌을 주기 때문에 상대방과의 친밀도를 고려한 후에 사용하시기를 권합니다.

거리가 있는 사이에서는 감탄이 터져 나오더라도 절제할 줄 알아야겠지요. 과한 감탄은 상대에게 부담을 줄 수 있으니까요. 그러한 이유에서 '보기 좋던데요·굉장해요·훌륭하더라고요'처럼 차분한 표현을 추천합니다. 앞선 표현이 부족하게 느껴진다면 '푹 빠졌어요·눈을 떼기가 어려워요·헤어날 수 없어요'와 같은 말로 감탄을 은은하게 전해 보세요.

반면, 시상식처럼 공적인 자리에서는 찬사의 말을 아끼지 않아도 좋습니다. 단, 그 표현에는 절제된 품위가 담겨야겠지요. '경이롭습니다·감명 깊네요·전율이 느껴집니다'와 같은 표현을 사용한다면 격식을 차리면서도 충분한 감탄을 전할 수 있습니다. 이러한 말은 상대방을 높이 평가하는 동시에 듣는 이에게 깊은 감동을 전해주기도 하지요.

칭찬도 과하면 독이 된다는 말이 있습니다. 적절한 표현으로 감동을 전한다면 상대방에게도 나 자신에게도 오래도록 따뜻한 기억으로 남게 될 것입니다. 말의 무게를 생각하며 한 걸음 물러서서 담담하게, 때로는 가감 없이 솔직하게 감탄을 전해보세요. 감탄의 언어가 우리의 마음과 관계를 더욱 풍요롭게 해줄 테니까요.

필사를 마무리하며

지난 100일 동안 꾸준히 손과 마음으로 문장을 새기며 생긴 변화가 있다면
여기에 기록해봅니다. 그 후 마지막으로 내 마음을 뒤흔든 문장들을
다시 한 번 적어보며, 100일의 여정을 마무리합니다.
여기까지 함께 걸어온 당신, 고맙습니다. 응원합니다.

더 나은 어휘를 쓰고 싶은 당신을 위한 필사책

초판 1쇄 발행 2024년 11월 20일
초판 36쇄 발행 2025년 2월 12일

지은이 이주윤
펴낸이 이경희

펴낸곳 빅피시
출판등록 2021년 4월 6일 제2021-000115호
주소 서울시 마포구 월드컵북로 402, KGIT 19층 1906호

ISBN 979-11-94033-45-5 03800

- 인쇄·제작 및 유통상의 파본 도서는 구입하신 서점에서 바꿔드립니다.
- 이 책의 전부 또는 일부 내용을 재사용하려면 반드시 사전에
  저작권자와 빅피시의 서면 동의를 받아야 합니다.
- 빅피시는 여러분의 소중한 원고를 기다립니다. bigfish@thebigfish.kr